Krad Katastrophen

Peinliches, Tragisches und Komisches auf zwei Rädern

Von Marbie Stoner

Inhaltsverzeichnis

0.1 Buchbeschreibung

0.2 Über die Autorin

0.3 Warum dieses Buch?

1. Stürze

1.1 Ist das nicht ein schöner Sommer?

1.2 Mit 60 km/h in den Gegenverkehr

1.3 Sicherheitstrainings - nicht immer sicher!

1.4 Erste Ausfahrt mit Sohn

2. Begegnungen mit dem Trachtenverein

2.1 Eine Strafzettel Krad Katastrophe

2.2 Bad dream in Black Forest

3. Gepäck-Katastrophen

3.1 Packrolle verklemmt im Hinterrad

3.2 Eine (beinahe) Packkatastrophe

4. Technische Katastrophen

4.1 Batterie Plattenschluss an Husqvarna in Mazedonien 2015

4.2 Urlaub Italien 2012 - langweilig war gestern!

4.3 WIMA Montainchallenge 2006 Schweiz

5. Andere Verkehrsteilnehmer

5.1 Diskussion mit Smartfahrer auf dem Weg zum Gavia Pass

6. Spritmangel

0.1 Buchbeschreibung

Motorradfahren ist gefährlich. Das ist unbestreitbar, genauso wie Rauchen, Fallschirmspringen, Hornbach Projekte, im Extremfall sogar Hausarbeit. Im Laufe von zwanzig Jahren auf dem Motorrad haben sich diverse Erfahrungen auf meinem Erinnerungstacho angesammelt. Skurriles, Komisches, Tragisches und Entbehrliches. Wirklich entbehrlich?

Nein! Nicht jeder Sturz ist eine Schande, aus allen Erfahrungen können wir lernen - wie man aus scheinbar aussichtslosen Situationen mit der Hilfsbereitschaft der Mitmenschen wieder heraus findet. Und den Spaß beim Fahren nicht verliert. Denn Motorrad fährt man mit dem ganzen Körper, sonst klappt es nicht. Das Freiheitsgefühl entwickelt sich nur durch Bewegen und Anpassen auf ständig wechselnde Situationen. Das erreicht ihr nur durch Üben, üben und nochmals üben.

„Erst wenn Du weißt, was Du tust, kannst Du tun, was Du willst!"
Moshé Feldenkrais.

0.2 Über die Autorin

Marbie Stoner ist Jahrgang 1958, schreibt unter Pseudonym und lebt in Karben im Wetteraukreis in Hessen. Sie absolvierte einen Kurs in "Die Kunst des Schreibens" an der Axel Anderson Akademie im Bereich "Belletristik" sowie zahlreiche Kurse in der Hobbymalerei: Porträt und Landschaft. Sie veröffentlichte bisher sechs E-Books mit Motorradreiseberichten aus Europa und Marokko sowie eine Kurzgeschichtensammlung. Ferner ist sie Mitglied in der Künstlerinitiative Karben. Ihre Freizeit verbringt sie auf dem Motorrad oder vor der Staffelei.

Impressum

Marbie Stoner
Hauptstraße 6
61184 Karben

eMail: kontakt@margitta-bieker.de
Internet: www.margitta-bieker.de
http://marbieblog.wordpress.com

Mitglied bei den Women on Wheels e.V. Sie feierten das dreißigjährige Bestehen des Vereins im September 2015.
www.wow-germany.de
und bei der Karbener KünstlerInitiative
www.karbener-kuenstler.de/
1. Auflage 2015
ISBN: 9783740724368
TWENTYSIX - Der Self Publishing Verlag
Eine Kooperation der Verlagsgruppe Random House und BOD - Books on Demand
Herstellung und Verlag: BOD - Books on Demand, Norderstedt

Bildmaterialien: © Copyright by Marbie Stoner und Heinz Georg Schmittlein, Wolfgang Körber u.a.

Bibliografische Informationen der Deutschen Nationalbibliothek:

Die Deutsche Nationalbibliothek verzeichnet diese Publikation in der Deutschen Nationalbibliografie, detaillierte bibliografische Daten sind im Internet über dnb.dnb.de abrufbar.

Für die Mitfrauen im
Frauenmotorradclub
Women On Wheels e.V.
und für George.
Ohne euch wäre ich niemals da,
wo ich heute bin!

0.3 Warum dieses Buch?

Jeder weiß, dass Motorradfahren mangels Knautschzone gefährlich ist, auch wenn es nicht wie bei den Zigarettenpackungen auf dem Tank geschrieben steht. Es ist bekannt, dass Zweiradfahrer häufig übersehen, in der Geschwindigkeit unterschätzt und von Autofahrern manchmal gehasst werden. Aus welchen Gründen auch immer.

Tagtäglich passieren Katastrophen beim Motorradfahren, aber niemand spricht (gern) darüber. Manche dieser „Katastrophen" sind aus Fremdsicht eher „Kataströphchen", vielleicht mit Unterhaltungswert für Unbeteiligte, verknüpft mit dem beruhigenden Gefühl, dass es einem nicht selbst passierte.

In der Wahrnehmung von Betroffenen sind es durchaus ernste Unglücke. Mein Anliegen ist es, persönliche Berichte von Peinlichkeiten, Unwägbarem, Komischem und Tragischem festzuhalten und wie man aus verzweifelten Situationen wieder heraus kommen kann. Ich greife in diesem Buch auf eigene Erfahrungen und auf

Erzählungen von MotorradfahrerInnen zurück, deren Namen auf Wunsch verändert wurden. Fremde Artikel wurden mit „* von ..." gekennzeichnet.

Warum fährt Frau oder Mann Motorrad? Ganz einfach: Diese Form der Fortbewegung macht Spaß. Als Kind musste ich als Sozia mitfahren, denn Autos besaßen nur die Reichen. Schutzkleidung? Fehlanzeige. Einen Helm trug höchstens der Fahrer. Kopftuch oder Wollmütze mussten für die Sozia reichen. Noch heute ist mir der Knall im Ohr, als mein Onkel auf einer Offroad Nebenstrecke im Westerwald, den Auspuff an seiner Horex verlor. Ich glaubte fest, nun müssen wir sterben. Vom Auspuff erschossen. Aber Onkel hatte Draht dabei. Aufsteigen, Festhalten und weiter gings. Zeit seines Lebens weigerte er sich, den Autoführerschein zu machen. Er fühlte sich im Auto eingesperrt.

Ein Motorrad fährt dahin, wohin der Fahrer schaut. Klar, jeder weiß das. Bremsen ist nicht immer die richtige Entscheidung - Gas stabilisiert. Sicherheitstrainings sind Pflicht, auch wenn es dabei den einen oder anderen unbeabsichtigten Abwurf geben kann. Soll heißen, das Problem sitzt im Prinzip überwiegend unter dem Helm.

Und das Wichtigste zum Schluss: Reifen verdienen eure größte Aufmerksamkeit. Denn sie sind die Beine eurer Maschine. Also eher früher als später wechseln.

Ich freue mich über Rückmeldungen zu diesem Buch. Und nun zu den tragischen Katastrophen, bei denen meistens nachher nichts mehr ist, wie es vorher war.

1. Stürze

Sturz auf nassem Bitumen

Es gibt bekanntlich zwei Gruppen von Motorradfahrerinnen und Motorradfahrern:

Die *vor* dem ersten Sturz und die *danach*. Eine Rückkehr in die erste Kategorie ist nie mehr möglich. Seit dem 1. Mai 2014 gehöre nun auch ich nach sechzehn sturzfreien Motorradjahren in die zweite Kategorie. Zugleich war es auch mein erster Knochenbruch - Schlüsselbein rechts, mittig zum Glück.

Was war passiert? Am 1. Mai war ich mit George auf einem MO-Inteam Fahrdynamiktraining auf dem Boschgelände in Boxberg. Hier der Link:

(http://www.mo-web.de/mo-inteam/fahrdynamik training/410-fahrdynamiktraining-boxberg-2015.ht ml)

Ein gelungener Tag mit Handlingsübungen in Spitzkehren, Bremsübungen auf nasser Fahrbahn und Kopfsteinpflaster, Zirkusübungen um Pelonen und Rundkursen im Oval für das Schräglagengefühl. Wir fuhren bei schlechtem Wetter mit kräftigen Schauern auf Landstraßen

Richtung Miltenberg zurück. Von dort wollten wir auf der Autobahn nachhause fahren.

Die schmale L 514 Kapellenstraße von Berolzheim Richtung Eubigheim wies verworfene und wechselnde Beläge sowie zahlreiche Bitumenflicken auf. Der letzte mir zum Stricke reichende war halt sehr groß. Zwei Meter lang und so breit wie die rechte Fahrspur, das Ganze in einer leichten Rechtskurve. Ich fuhr langsam, circa 60 km/h. George fuhr mit seiner Morini Cosaro voraus und konnte die Stelle umfahren, bzw. er erinnerte sich nicht mehr im Nachhinein. Beim Fahren in eine Rechtskurve fährt man diese ja von links an, also genau auf dieses schwarze Monster drauf. Auf dem nassen Asphalt für mich nicht zu erkennen.

Es ging derart schnell, dass keine Zeit für den Schreck blieb. Ich hörte ein fürchterliches Aufheulen des Motors (bei 60 km/h!), der Lenker entwickelte ein Eigenleben und schlug abrupt nach links. Mein Denken beschränkte sich auf ein »... *oje, wird nichts mehr..!* Oder vielmehr in Kurzform auf ein schlichtes »*Ups?!*« Zum Griff an die Kupplung gereichte es nicht.

Ich fand mich im feuchten Matschacker wieder, schaute ungläubig in den grauen Himmel und auf meine total verdreckten Handschuhe, dann versuchte ich, ins Sitzen zu kommen. Wie war ich hierhin geraten? Ich verstand überhaupt nichts und war nur restlos verblüfft. Schmerzen fühlte ich keine.

Eine BMW mit der Sitzbank im Look der Gemeinen Wespe lag einige Meter vor mir am linken Straßenrand auf ihrer rechten Seite. Der hintere rechte Blinker hing nur noch an einem Kabel herab. Ich kniff die Augen zusammen und überlegte, wem dieses Motorrad gehörte und wie es dorthin gekommen war. Plötzlich tauchte George neben mir auf. Er hockte sich neben mir hin und sagte irgendwas. Ich weiß nicht mehr, welche Worte es waren. Ich hielt ihm die rechte Hand hin.

»Kannst du mir mal die Handschuhe ausziehen? Ist das meine Maschine? Bin ich gestürzt? Der Blinker ist kaputt.«

»Es ist noch mehr kaputt, äh - am Lenker und so ...«, sagte George.

Die Fragen stellte ich ein dutzend Mal. Ich konnte mir die Antworten nicht merken, aber auch das erinnere ich bis heute nicht. Inzwischen war ein zweiter Mann bei uns eingetroffen. Wer war das? George sprach mit ihm, aber auch das Gespräch kann ich bis heute nicht wiedergeben.

Mein rechter Arm hing an mir runter und gehorchte nicht. George zog mir den Helm ab. Im Visier waren große Dreckklumpen und Grasbüschel verfangen. Ich musste an eine Kuh denken.

»Mein Arm. Ich kann meinen Arm nicht bewegen.« Interessiert blickte ich auf meine Finger, die sich jetzt diskret beugen ließen. War mein Arm gelähmt, beleidigt, vollkommen kaputt?? Ich versuchte es immer wieder. Allmählich klappte das seitliche Wegstrecken des Armes, und da hörte ich es - ein Reibe- und Knirschgeräusch oben rechts.

»Mein Schlüsselbein ist gebrochen.« Das sagte ich so emotionslos, als wäre ich eine zweite Person neben mir und das Ganze interessierte eigentlich nicht wirklich.

»Also Krankenwagen?«, fragte George. Er half mir auf und ich kam ziemlich gut in den Stand, überlegte, ob ich Schmerzen haben müsste. Mir tat noch immer nichts weh.

»Hast du dein Handy da? Meins ist in der Packrolle!«, fragte George.

Ich nickte und fingerte nach dem Telefon in der rechten Brusttasche. Komischerweise klappte das, ich schaute das Display aber nur ratlos an. *Wie ging das noch?* Es ist gut, das Handy nicht im Tankrucksack aufzubewahren, da wäre ich auf keinen Fall dran gekommen! Ich reichte es George, der kam damit aber auch nicht klar. Der andere Mann telefonierte mit *seinem* Handy, rief den Rettungswagen und die Polizei.

Ich fragte erneut: »Bin ich gestürzt? Ist das meine Maschine? Warum bin ich gestürzt?«

»Es ist glatt, Rehlein, es ist halt ziemlich glatt.«

»Meinst du, ich bekomme die Jacke wieder sauber? Bin ich gestürzt ... ?«, usw. usw.

Der Krankenwagen kam zügig. Ich zog meine Jacke aus und durfte mich auf die Trage legen. George blieb bei den Motorrädern und wartete auf den Abschleppdienst. Im Rettungswagen legten sie mir eine Halskrause an, es könne ja die Halswirbelsäule Schaden genommen haben.

Plötzlich bekam ich so heftige Schmerzen in der rechten Schulter, dass ich aufschrie. Der Krankenwagen stoppte. Sie telefonierten nach dem Notarzt. Kurz nachdem der Arzt in den Wagen gestiegen, verpasste er mir eine Spritze. Ich dämmerte zügig weg. Erst im Röntgenraum des

Krankenhauses in Bad Mergentheim wachte ich auf.

Die Stimmen im Raum - *Becken nicht gebrochen, keine freie Flüssigkeit im Bauchraum, Milz nicht vergrößert, Reflexe einwandfrei, Pupillen reagieren prompt* - verrieten mir einiges über die Diagnose. Es klang nicht hoffnungslos. Wie ich schon befürchtet hatte: Schlüsselbeinbruch rechts. Meine Augenlider wollten nicht aufgehen, so sehr ich mich anstrengte. Nassen Bettlaken gleich lagen die auf dem Gesicht.

»Sind meine Rippen auch gebrochen? Ich kriege so schlecht Luft!«, fragte ich in den Raum hinein. Siehe da - plötzlich gingen meine Augen auf! Gleichzeitig setzte ein fürchterlicher Schüttelfrost ein, der mir die Zähne aufeinander schlug und alle Extremitäten unkontrollierbar durcheinander klappern ließ.

»Nein, die sind alle in Ordnung, auch die Halswirbelsäule. Sie haben richtig Glück gehabt! Wir bringen Sie jetzt auf die Intensivstation, Ihr Mann steht auch draußen. Wissen Sie, was passiert ist?«

»Ja. Ich bin mit dem Hinterrad auf Bitumen ins Rutschen gekommen und im Acker gelandet. Wieso zittere ich eigentlich so? Ich bekomme das gar nicht gestoppt.«

»Der Notarzt spritze Ihnen ein sehr kräftiges Schlaf- und Schmerzmittel. Wir dachten schon, Sie müssten beatmet werden. Die Schmerzen beim Atmen kommen von den Prellungen, Sie haben Ihre rechte Körperhälfte blutunterlaufen. Müssen ganz schön hingeknallt sein!«

»Haben Sie einen Topf griffbereit? Ich muss unsäglich ...!« Die Verrichtung gelang trotz der Schüttelattacken problemlos. Welche Wohltat!

Wie freute ich mich, endlich Georges besorgtes Gesicht über mir zu sehen! Und wie peinlich war es mir, dass ich so einen Mist baute. Jeder Sturz ist eine Schande, oder?

»Rehlein, du hattest einen Lowsider, deshalb bist du im Acker gelandet.«

Ich wusste gar nicht, dass ich so was kann. »Ich dachte, das passiert nur auf der Rennstrecke?«

»Nein, das kann genauso beim Rutscher des Hinterrades auf der Landstraße passieren, wenn der Grip fehlt. Musst du hierbleiben?«

»Ja, ich soll auf die Intensivstation. Nur zur Vorsicht. Du musst dich langsam auf den Nachhauseweg machen, du hast noch so weit zu fahren. Ich bin hier gut versorgt, mach' dir keine

Gedanken!«

Voll verkabelt lag ich später in einem Zweibettzimmer mit piependen Monitoren. Ich hatte einen Tropf mit Schmerzmitteln zur Selbstbedienung. Das Angebot, einen Katheter in die Harnblase gelegt zu bekommen, lehnte ich dankend ab. Verlangte stattdessen erneut den Topf. Ich übernahm die Verrichtung lieber selbst. Das Schmerzmittel in der Infusion zeigte prompte Wirkung, ich schwebte quasi über dem Bett. Wenn ich die Augen schloss, sah ich meine Wespe in der Zimmerecke liegen. Beim Öffnen war alles okay. Also besser nicht einschlafen.

Die Pflegekraft reichte mir das Telefon, die Polizei war dran. Der Beamte wünschte mir gute Besserung und fragte, ob ich mit einer Verwarnung wegen des Abkommens von der Straße einverstanden sei. Es würde auch nicht teuer werden. Ebenso keine Punkte in Flensburg. Aber es sei nun mal Pflicht, mit seinem Fahrzeug auf der Fahrbahn zu bleiben. Natürlich war ich einverstanden. Wenn mir jemand den ledergebundenen Brockhaus im Schuber in zwanzig Bänden für 1000 Euro angeboten hätte, wäre ich auch einverstanden gewesen. Logisch, den braucht man doch!

Am Morgen bei der Visite wurde entschieden, dass das Schlüsselbein nicht verplattet werden musste, die Bruchenden standen sich gegenüber und das Ganze würde wieder zueinanderfinden. Das gefiel mir. Mir fiel ein, dass ich meinen Chef anrufen musste, weil ich heute nicht zur Arbeit kam. Die Sekretärin verstand nicht alles. Ich redete durcheinander. Vermutlich die Wirkung des Selbstbedienungstropfes.

Ich wurde auf die Allgemeinstation verschoben. Im Zimmer empfingen mich noch zwei Frauen, sie trugen schickere Nachthemden als ich. Meins stand hinten offen. Darüber dieser Rucksackverband, der die Bruchenden am Schlüsselbein wiedervereinigen sollte. Das Ding trug sich unbequem. Meine rechte Körperhälfte war dunkelblau angelaufen, an beiden Ellenbogen hingen Säckchen von Blutergüssen. Grundgütiger, musste ich aufgeknallt sein! Die Körbchenprotektoren der Rukka Jacke hatten ihren Job nicht richtig gemacht.

George wollte mich nachmittags mit einem Leihauto abholen. Ich fühlte mich nicht gespannfähig und ein Auto besitzen wir bis heute nicht. Der Röntgenassistent schüttelte den Kopf beim Anblick meiner Kontrollaufnahme der Fraktur. »Das wächst so niemals zusammen! Das müssen Sie operieren lassen!«

Was? Eben war doch noch alles so toll? Der Stationsarzt sagte das genaue Gegenteil: »Alles bestens, Sie müssen den Gurt nur straffer spannen, so hilft das nichts!« *Wie bitte?*

Drei Ärzte, fünf Meinungen? Das wurde keineswegs gut, das wurde mir da schon klar. Aber wichtiger war, erst mal hier aus diesem Krankenhaus rauszukommen. Ungewaschen im Flügelhemd, ohne Geld, frische Wäsche, mit leerem Handyakku und fern der Heimat. Als George endlich kam, dachte ich nicht an auseinanderstehende Bruchenden. Ich kann nur empfehlen: Lasst einen Schlüsselbeinbruch verplatten, davon später mehr.

»Was ist mit der Wespe?«, fragte ich George. »Ist sie noch zu retten? Habe ich noch ein Motorrad?«

»Der Leblang holt sie ab, müssen wir mal sehen. Der Lack am Plastik ist rechts komplett ab und einen neuen Lenker brauchst du auch.«

Motorradtechnik Leblang in Frankfurt ist eine Fachwerkstatt für BMW, kann ich nur empfehlen: http://www.leblang-motorradtechnik.de/

Herr Leblang berechnete für den Transport von Berolzheim nach Frankfurt nur 80 Euro, der Abschleppdienst für zwanzig Kilometer 150 Euro, wegen Feiertagsarbeit. Die Reparatur kostete gesamt 1800 Euro. Rechts war nun die BMW wie neu.

Der Orthopäde meines Vertrauens verzweifelte ein paar Tage später ob meines Röntgenbildes. Er kam zum Schluss, dass ich operiert werden muss. Eine Metallplatte sollte zusammen fügen, was zusammen gehört. Das wurde vom Marienhospital in Frankfurt fachmännisch und zügig ausgeführt, zwang mich für zwei Wochen in eine Schulterweste, die meinen linken Arm zu ungewohnter Aktivität anspornte. Wie die Moto GP Fahrer mit einem Schlüsselbeinbruch das Rennen einfach weiter fahren, ist mir schleierhaft. Hoch ärgerlich war die Knolle der Polizei:

35 Euro für Sachbeschädigung.

Nein, das zahlte ich nicht! Es ging mir ums Prinzip: Was hatte ich kaputt gemacht? Keine Leitplanke, keine Laterne, kein Straßenschild war im Weg gewesen - zum Glück. *Ich* war kaputt, wegen eines billigen Straßenbelages, der hochgefährlich ob seiner Breite auch für einen Smartfahrer gewesen wäre!

Ich legte Widerspruch ein, meldete dem Bundesverband der Motorradfahrer (www.bvdm.de) auf Empfehlung der Motorradfrau Astrid Althoff (www.motorradfrau.de) die Gefahrenstelle auf dieser Landstraße. Astrid ist Instruktorin für Sicherheitstrainings und Mitglied in unserem Verein der Women on Wheels e.V. (www.wow-germany.de). Ob das was nützte? Wer schaut schon vor einer Tour beim BDM nach, wo es Gefahrenstellen gibt?

Zwei Wochen später bekam ich eine erneute Knolle, dieses Mal doppelt so teuer: 70 Euro, nunmehr wegen Nichtbeherrschen des Fahrzeugs. Es langte mir. Ich nahm mir einen Anwalt.

Einige von euch werden jetzt den Kopf schütteln und sagen, das ist das doch Quatsch! Mit 35 Euro sei ich gut bedient gewesen. Das meinte sogar mein Anwalt. Aber mir ging es ums Prinzip. Na klar, mit meiner Rechtsschutzversicherung konnte ich mir das erlauben.

Am 20.08.2014 erhielt ich den Beschluss des Amtsgerichtes Tauberbischofsheim:

1. Das Verfahren wird gemäß § 47 Abs. 2 OWiG eingestellt.

2. Die Kosten des Verfahrens trägt die Staatskasse.

3. Die Betroffene trägt ihre eigenen notwendigen Auslagen gemäß §§ 467 Abs. 4, StPO, 46 Abs. 1 OWiG.

So, das war geklärt. Ich war überzeugt, richtig gehandelt zu haben. Sechs Wochen nach der Operation des Schlüsselbeins durfte ich wieder Motorrad fahren, was einige Mitmenschen sehr verwunderte. Okay, es war nicht besonders schlau, es mit einem neuen Motorrad zu versuchen: Eine Suzuki SV 650, im Outfit des Knubbels. Die bockte beim Runterschalten vom dritten in den zweiten Gang und wurde innerstädtisch unter dem Sitz so heiß, dass ich mich zur Abkühlung des Popometers an der roten Ampel hinstellte. Es blieb ein einziges Fiasko. Alle Leichtigkeit dahin. Schreckhaft, ängstlich und verkrampft. Jeden Bitumenflicken im Auge behaltend, über die ich vorher nie nachdachte.

Ich hoffe, es geht wieder weg. Was seit diesem Sturz vor zwei Jahren nach wie vor ein Problem ist:

Sobald es regnet, werde ich langsam, steif und ängstlich auf der Maschine. Ich schleiche durch die Kurven. Ein Einzeltraining bei Berta brachte erst nichts.

Bis mir klar wurde: Wenn ich dagegen ankämpfe, wird es noch schlimmer. Ich vergeude viel Kraft und Konzentration. Inzwischen tritt es nur noch selten auf. Falls der Straßenbelag dem auf der Unfallstrecke in Beschaffenheit und Aussehen ähnelt, schießt es mir unvermittelt durch den Kopf. Ich atme tief durch, lasse die Unterlippe locker hängen, kreise mit den Schultern, versuche ein Lied zu pfeifen. Das hilft manchmal, oft auch nicht.

Ein Jahr später passierte der nächste Sturz auf nasser Straße in einer 180 Grad Linkskurve in Österreich. An unserem zweiten Urlaubstag auf dem Weg nach Bulgarien. Dieses Mal rutschte mir in Schräglage das Vorderrad weg, das verzeiht bekanntlich gar keine Fehler. Zack - einfach so. Dadurch, dass ich ohnehin schon schräg war, fiel ich nicht tief und kullerte erneut zum linken Straßenrand in die Wiese. Wiesen und Acker sind eine prima Angelegenheit für Motorradfahrer beim Sprung.

Das Knacken links an der Hüfte kam zum Glück von meinem Protektor. Nicht vom Oberschenkelhals. Und es blieb nur ein blauer Fleck auf der Oberschenkelaußenseite. Wieder bewies sich, wie schmerzhaft Prellungen sind. Mein erster Gedanke war, allmählich wird es zur Gewohnheit. Der zweite Abwurf, der Urlaub ist vorbei. Zum Glück erwies sich das als falsch. Im Nachhinein stellten wir fest, dass was auf der Straße lag. Auch den Autofahrern drehten die Räder durch. Öl? Wir wussten es nicht.

Kaputt war nichts, die dicke Packrolle fing alles ab. Nur meinem Selbstbewusstsein tat das Ereignis grad nicht gut. Ich hatte mich inzwischen mit sehr hochwertigen Protektoren ausgestattet, nie waren sie mir so wertvoll wie nach den Stürzen.

Mich haben viele Menschen gefragt, ob ich jetzt noch Motorrad fahre?! Natürlich. Denn ich besitze ja kein Auto.

1.1 Ist das nicht ein schöner Sommer?
*von Christel

Zum Moppedfahren fast schon zu heiß, aber wir wollen ja nicht meckern und uns trotz der tropischen Temperaturen schön in unsere Schutzkleidung quälen. Hatte mir Letztere doch im vergangenen Jahr einen längeren Krankenhausaufenthalt erspart.

Ich erzähle mal der Reihe nach: Gatte Armin war wieder auf unserem Campingplatz in einem längeren Einsatz. Ich beschloss wegen seiner tagelangen Abwesenheit, ihn zu besuchen. Als geeignetes Fahrzeug kam für mich nur ein Moped in Frage, eine 25 Jahre alte XS 650.

Leider hatte mein Gatte diese aber bei einer Ausfahrt motortechnisch lädiert, und so konnte ich nur auf seine „Dicke Berta« (XS 750, Dreizylinder und ebenfalls 25 Jahre alt) zurückgreifen. Mir gelang es auf Anhieb, diesen Eisenhaufen in Bewegung zu setzen. Ich machte mich auf den Weg ins schöne Sauerland.

Da dieser Eisenhaufen etwas breiter, höher, schneller als meine Maschine ist, ließ ich die Sache langsam angehen. Deshalb fuhr ich auf die aus unseren Ort führende Bundesstraße, um ein Gefühl für das schwere Motorrad zu kriegen.

Etwa 3 km von unserer Haustür entfernt wurde die Fahrt abrupt beendet. Ich registrierte in im rechten Augenwinkel einen schwarzen Schatten und konnte erst wieder etwas sehen, nachdem ich mit dem Kopf auf der Straße aufschlug. Das Erste, was ich bewusst wahrnahm, war die Stimme eines männlichen Mitmenschen, der wiederholt sagte:

„Der ist zu schnell gefahren, der ist zu schnell gefahren!«

Gemeint war augenscheinlich ich, aber ich brauchte keine Antwort zu geben, weil hinter mir eine weibliche Stimme sagte: „Das stimmt nicht, ich war genau dahinter!«

Na, dachte ich, das wäre also geklärt. Nun konzentrierte ich mich erst mal auf meinen Körper. Der musste wohl da sein, denn der tat plötzlich höllisch weh, besonders mein rechtes Bein. Ein netter junger Mann ergriff die Initiative und bestellte per Handy die Flugrettung und einen Krankenwagen.

Dann gab er sich als Sanitäterhelfer zu erkennen und erkundigte sich nach meinem Befinden. Indem er dauernd versuchte, in meine Beine zu kneifen und mich dabei fragte, ob ich etwas merke. Ich merkte was und bat inständig, mich von dem Helm zu befreien, da die Aufregung und die brennende Sonne meinem Kreislauf nicht gut bekamen. Unter der Anleitung des jungen Mannes klappte die Sache mit dem Helm hundertprozentig. Inzwischen waren der Krankenwagen und der Rettungshubschrauber eingetroffen. **Ein Dank an alle Helfer.**

Die Ärzte von Krankenwagen und Hubschrauber erkundigten sich ebenfalls nach meinem Befinden. Sie waren mit der Auskunft wohl ganz zufrieden, denn beide drehten sich um und wandten sich einem akuteren Fall zu: Als meine netten Helfer mir den Helm vom Kopf gezogen hatten, erkannte die Frau des Unfallverursachers ganz richtig: „Das ist ja eine Frau!!!«

Warum diese Tatsache jetzt schlimmer war, als wenn es sich um einen Mann gehandelt hätte, war mir schleierhaft. Bei ihr löste die Erkenntnis jedenfalls einen Kreislaufkollaps aus, der sofortige Gegenmaßnahmen erforderte. Die Pause in meinem Rettungsablauf nutzte ich, um mich nach dem Befinden von „Berta« zu erkundigen. „Die linke Seite ist heile«, sagte der mich tröstende Krankenwagenfahrer.

„Dann liegt sie wohl auf der rechten Seite und ist hinüber«, meinte ich.

Wie sollte ich die Katastrophe von mir und „Berta« bloß meinem Gatten schonend beibringen? Die Bitte um mein Handy wurde mir von einem inzwischen eingetroffenen Polizisten abgeschlagen mit der Auskunft, die Benachrichtigung meiner Angehörigen würden die Beamten übernehmen. Ein heißer Schreck durchfuhr mich: Mein guter Mann befindet sich 60 km vom Ort des Geschehens entfernt! Wie fährt der bloß nach Hause, wenn er von der Polizei angerufen wird?!

Der Bitte nach der Telefonnummer kam ich nicht nach, ich wollte lieber selbst anrufen. Den Ausgang dieses Duells mit der Obrigkeit musste ich auf später verschieben, denn die Rettungscrew wollte ihr Werk an mir vollenden. Da ich mein rechtes Bein nicht bewegen konnte (ich war praktischerweise in die „stabile Seitenlage« gefallen), beriet man jetzt, wie die Lederlatzhose von meinem Körper entfernt werden könnte. Der Jacke hatte ich mich mit Hilfe meiner Retterin schon vorher entledigt.

Nun wurde also die Schere angesetzt. Zum Glück trug ich eine Radlerhose darunter, und lag nicht in Unterwäsche auf der Straße. Hose zerschnitten und entfernt. Mein Bein war jedenfalls nicht durch einen offenen Bruch entstellt. So kamen die Sanis mit einer aufklappbaren Trage, die unter mir wieder geschlossen werden sollte. Bei der Gelegenheit quetschten sie mir den auf der Erde liegenden linken Arm ein, aua, der sich später mit einem wunderbaren zusätzlichen blauen Flecken bedankte.

In der stabilen Seitenlage auf der Trage liegend wollte man mich nun fixieren, ein Gurt sollte dabei genau in Kniehöhe angezogen werden. Leider musste ich ob diesen Tuns vor Schmerzen lautstark protestieren. Wir einigten uns dahingehend, dass ich mich aus eigener Kraft auf der Liege halten sollte, bis wir im Krankenhaus waren, welches 12 km entfernt war. Man schob mich also in den Krankenwagen. Inzwischen war der nervige Polizist wieder aufgetaucht und verlangte die Telefonnummer meines Gatten. Ich verweigerte sie ihm mit den Worten: „Kaum liegt man als erwachsener Mensch, wird man für unmündig erklärt."

Aber der Polizist war kein schlechter Mensch, er gab mir das Handy und bat mich, es wenigstens kurz zu machen. Na, es geht doch! Gatte Armin informierte ich dann in etwa so:

„Hallo Armin, ich komme heute nicht nach Sundern, ich bin auf dem Weg nach Werne. Ins Krankenhaus. Wenn Du willst, brauchst Du mich morgen erst besuchen, es ist mir nichts Schlimmes passiert. Nur das Motorrad von Dir ist leider etwas kaputt, weil ein Autofahrer mich abgeschossen hat.«

Die Rettungsleute meinten, jetzt wären der Worte genug gewechselt! Sie schlossen die Türen des Krankenwagens. Ein netter junger Mann blieb bei mir, wie sich herausstellte, war er Arzt. Losging die Fahrt. Und wie! Ich flog mit samt der Trage, begleitet von einem gehörigen Krach, gegen die hintere Tür, die Gott sei Dank geschlossen war.

„Och, die Trage ist ja gar nicht gesichert«, staunte der junge Herr Doktor und klopfte gegen die Glasscheibe.

„Anhalten!«, rief er. Was seine Kollegen prompt taten. Ja richtig, jetzt krachte ich mit Schmackes gegen das andere Ende der Vorrichtung. Während der weiteren Fahrt auf der nun gesicherten Trage überlegte ich krampfhaft, in welchem Film ich hier mitspielte. War das alles geträumt oder Realität, hatte ich einen Schock und kriegte etwas nicht mehr richtig mit? Jedenfalls war ich dem Himmel schon dankbar, dass mir bei dem Unfall nichts Schlimmeres passierte. Bei der Fahrt mit dem Rettungswagen wäre wahrscheinlich alles noch schlimmer geworden.

Im Krankenhaus diagnostizierte man eine leichte Gehirnerschütterung, schwerste Prellungen unterhalb der Kniescheibe, wo mich die Stoßstange des Unfallautos erwischt hatte, und natürlich Prellungen am ganzen Körper. Einen Sitzbeinbruch - die Sitzbank des Motorrades war mir gegen das Becken geknallt - stellte man erst zwei Wochen später fest. Die ersten Wochen nach dem Unfall fühlte ich mich wie durch die Mangel gedreht, dank der guten Schutzbekleidung und meines Schutzengels ist mir nicht mehr passiert. Nachdem ich nun genug trainiert habe, komme ich auch wieder auf meine „Kleine« und kann die Welt genießen.

Nur kann ich sie leider nicht mehr antreten, da die Kreuzbänder an meinem Knie „einen mitgekriegt« haben, wie man hier im Ruhrgebiet so schön sagt. Mir fehlt das letzte bisschen Kraft, um den Motor durch Ankicken in die Gänge zu kriegen.

Aber ich habe ja einen zuverlässigen Mechaniker zur Seite, der solche Probleme für mich löst. Allerdings erwäge ich die zusätzliche Anschaffung eines neueren, zuverlässigen Modells mit E-Starter, schließlich will Frau ja auch wieder alleine unterwegs sein! Übrigens war „Berta« relativ schnell wieder einsatzfähig, man sieht ihr (fast) nichts mehr von dem Unfall an.

1.2 Mit 60 km/h in den Gegenverkehr

Ausflug Ende März 2014 bei strahlendem Wetter in die Schweiz, am Sonntag wollten George und ich zurück von Beate und Rüdiger (*Namen geändert) begleiteten uns bis zur Grenze. Wir planten, einen gemeinsamen letzten Kaffee zu trinken, danach sollten sich unsere Wege trennen. Es kam anders.

Abb. 1 Liegende Duke mit Totalschaden

Beate besaß einen Führerschein auf Probe. So was gibt es in der Schweiz. Auf der KTM 690 Duke hatte sie bereits 10.000 km im letzten Jahr gefahren, der Führerschein sollte im Sommer vollendet werden.

Beim schönsten Frühlingswetter im Jura und vollen Straßen fuhren wir langsam, fast gemütlich. Rüdiger vorne, dann Beate, gefolgt von mir und George als Schlusslicht. Lag es an der falschen Blickführung, mangelnde Konzentration, schlechte Konstitution?

An einer im Prinzip übersichtlichen Stelle mit reichlich Gegenverkehr hielt sich Beate in einer leichten, aber gut einsehbaren Rechtskurve sehr weit links am Mittelstreifen. *Sie lenkt aber spät ein?!* Dachte ich. Da knallte sie schon leicht seitlich mit der Duke vor die Toyota Limousine. Das Ganze geschah wie in Zeitlupe und total unwirklich. Ich traute meinen Augen nicht. *Was machte sie da??* Wir fuhren höchstens 50 oder 60 km/h.

Im Moment des Aufpralls hörte ich sie aufschreien. Wie lange das dauerte? Wahrscheinlich nur Sekunden. Dann war ich vorbei. *Oh Gott!* Nach ein paar Metern kam ich zum Stehen, stellte den Motor ab. *Verdammt, wo ist die Warnblinkanlage??*

Egal.

Beim Helm und Handschuhe runterreißen hörte ich Beates gellende Schreie. Ein Glück, sie lebte! Ich sah nicht, wo George blieb. Ich rannte, so schnell meine gummiartigen Beine es zu ließen, zur Unfallstelle. Beate schrie weiter. Der Wagen, der dem Toyota folgte, stand ebenfalls.

Beate war auf die Windschutzscheibe geknallt, über das Dach des Toyotas am Heck auf die Straße gestürzt. Sie lag leicht nach links gedreht auf dem Rücken, das rechte Bein angewinkelt, stützte es mit der rechten Ferse ab. Ich kniete von hinten an ihrem Kopf nieder, öffnete das Visier.

„Beate, du hast einen Unfall gehabt! Kannst du sprechen?"

Abb. 2 Unfallstelle

„Mein Becken ist gebrochen. Nimm mir den Helm ab, ich bekomme schlecht Luft." Sie sprach jetzt ganz ruhig, was mich sehr alarmierte.

„Okay, so ein Becken wächst wieder zusammen. Ich klappe jetzt das Kinnteil hoch und mach den Riemen los." Das klappte gut, mit Klapphelmen kenne ich mich aus. „Kannst du deine Füße bewegen, spürst du deine Beine?"

„Nimm endlich den Helm ab!" Okay. Ich zog mit beiden Händen seitlich gerade nach hinten. Inzwischen waren ein Mann und eine Frau aus dem Wagen hinter dem Toyota ausgestiegen.

„Vorsicht - besser nicht den Helm abnehmen ..."

Da war es schon geschafft, ich öffnete die Jacke von Beate. „Besser?"

„Jetzt zieh' meine Handschuhe aus." Sie hielt mir die rechte Hand entgegen. Irgendwie beruhigte mich, dass sie klare Anweisungen geben konnte.

Das Paar neben mir öffnete einen größeren Koffer, sah wie ein professionelles Erste-Hilfe-Set aus. Ein anderer Autofahrer telefonierte nach dem Notarzt.

„Wir sind Rettungsassistenten! Lassen Sie uns mal

ran ...!"

Ich zog an Beates Handschuh, da schrie sie verzweifelt auf. „Mein Handgelenk ist wohl auch gebrochen, lass meine Hand los, das tut so weh ...! Wo ist Rüdiger?"

Abb. 3 Unfallstelle

Der Rettungsassistent schnitt den rechten Ärmel auf, ich schob Beate meine Jacke unter den Kopf. Seine Kollegin bereitete eine Infusion vor. Sehr professionell, das Ganze! Ich war erleichtert, dass ich nicht mehr allein in dieser Situation war.

George raunte mir von hinten zu, dass er sich nun um den Verkehr kümmere. Ich fühlte Beates Puls am linken Handgelenk, sie schrie erneut auf. Das Handgelenk musste ebenfalls gebrochen sein.

Plötzlich stand auch Rüdiger neben mir. Er war schließlich zurückgefahren, nachdem sich von uns keiner blicken ließ. Die lange Autoschlange stimmte ihn besorgt. Leichenblass, aber sehr gefasst sah er aus.

„Ich habe es mir schon gedacht, nachdem so lange keiner von euch kam. Es musste was passiert sein! Ist es schlimm?"

„Sie hat ihr Becken gebrochen, und am rechten Handgelenk stimmt auch was nicht. Sie ist in den Gegenverkehr gefahren, hier in der Kurve."

„Können Sie mal die Infusionsflasche halten?" Der Rettungsassistent hatte einen venösen Zugang gelegt, er schaute Rüdiger aufmunternd an. Ich verzog mich erstmal, weil ich befürchtete, gleich in Tränen ausbrechen zu müssen. *Das kann doch alles nicht wahr sein!*

Der Toyota stand noch immer mit laufendem Motor da. Beate lag genau in den Abgasen. Ich klopfte an die rechte Seitenscheibe. „Hallo? Können Sie mal den Motor ausstellen?"

Zwei ältere Damen saßen schreckensstarr auf den Sitzen. Die Beifahrerin zuckte zusammen und schaute mich aus großen Augen an.

Sie stammelte für mich unverständliche Worte in Schwyzer Düütsch.

Selbst für eine Fremdsprache klang es für mich ziemlich wirr. Ich zeigte mit Gesten den Schlüssel rumzudrehen. Die beiden reagierten überhaupt nicht, total geschockt schauten sie geradeaus. Ich beugte mich durch das Seitenfenster zur Fahrerin und drehte den Zündschlüssel herum. **Endlich Ruhe.**

Abb. 4 Rettungswageneinsatz

Die Dame schrie erschreckt auf, öffnete die Fahrertür und stieg aus. Jedenfalls musste Beate nicht mehr in den Abgasen liegen.

Ich fragte einen anderen Fahrer, ob er mir helfen könne, die Duke von der Straße zu nehmen. Ich fasste am Lenker, er am Heck. Rückwärtsschieben funktionierte nicht, die Maschine federte merkwürdig nach oben und unten, ließ sich aber keinen Zentimeter bewegen.

„Lass liegen. Die Gabel ist gebrochen, da geht nichts mehr." George stand neben uns. „Alles kaputt, die muss abgeschleppt werden."

Ich legte sie wieder ab. Soll der Abschleppdienst das übernehmen. Inzwischen war der Rettungswagen mit Blaulicht eingetroffen, auch Polizei war plötzlich präsent. George bekam eine Warnweste mit der Aufschrift ‚Polizei' verpasst. Souverän regelte er den Verkehr in dieser Ausstattung.

Haben Sie den Unfall gesehen?" Eine Polizistin stand vor mir, sie sprach Schriftdeutsch.

„Ja, ich war direkt hinter ihr."

„Aber Sie kennen sich nicht?"

„Doch, wir sind Freunde, wir haben eine kleine Ausfahrt gemacht."

„Wie ist das passiert? Wie schnell sind Sie gefahren?"

„Meine Freundin ist in der Rechtskurve in den Gegenverkehr gefahren. Wir waren nicht schnell, höchstens 60 km/h."

„Wissen Sie, warum Sie auf den Toyota fuhr?"

„Nein, ich kann es mir nicht erklären. Sie hat nicht in die Kurve eingelenkt und ist irgendwie … geradeaus gefahren. Ich weiß nicht, wieso, eigentlich ist es hier sehr übersichtlich. Vielleicht falsche Blickführung? "

Abb. 5 Landung des Rettungshubschraubers

„Wer war noch bei Ihnen?" Ich zeigte auf George.

„Mein Partner dort, mit der Polizeiweste. Er fuhr als Letzter." Sie drehte sich zu George um. „Wie schnell waren *Sie*?"

„Ich habe keine Ahnung. Ich musste auf die Linie achten, die ich fahren will. Ich konnte nicht auf den Tacho sehen. Aber hier waren wir nicht schnell, der Verkehr war viel zu dicht."

„Halten Sie sich noch zur Verfügung, wir brauchen Ihre Aussage schriftlich."

Die Notärztin kniete bei Beate und untersuchte sie. Beate schrie wieder laut auf. Sie bekam reichlich Schmerzmittel, der Asphalt war voll mit leeren Ampullen. Inzwischen lief schon die zweite Infusion. *Meine Güte, muss die gleich dringend pinkeln!*

„Komm Rüdiger, ich löse dich mal ab. Geh' dir eine rauchen!", sagte ich und kniete mich neben Beate hin. Sie trug nun eine Halskrause. Die Notärztin schrie Beate energisch an, sie solle mal ihre Beine bewegen. Endlich, für alle sichtbar, bewegte sie den linken Fuß.

„Also gut, nicht in die Querschnittabteilung. Nach

Bern. Bestellen Sie den Hubschrauber. Wir legen sie jetzt auf die Trage."

„Wo ist Rüdiger, Marbie?", fragte Beate. „Er kommt gleich wieder! Hast du noch Schmerzen? Du wirst jetzt ins Spital gebracht, aber mit Hubschrauber."

„Wo sind meine Sachen? Mein Handy, mein Geldbeutel? Die waren in der Jacke.

Ich holte das zerschnittene Bündel, was mal eine Motorradkluft von KTM war. Zunächst war die Hose von der Jacke überhaupt nicht zu unterscheiden, alles Fetzen, kaputt geschnitten. Aber eine andere Möglichkeit gab es nicht. Ich fand in den Taschen ihre Brille, sogar heile, Handy, Schlüssel und Portemonaie.

„Ich werde es Rüdiger geben, ja?" Wir konnten den Rotor des Hubschraubers schon hören.

Es dauerte fast dreißig Minuten, bis Beate so weit im Becken stabilisiert war, dass sie auf die Trage gehoben werden konnte. Wegen ihrer gellenden Schmerzenschreie war mir schon wieder zum Heulen. Der Rettungswagen fuhr zum Hubschrauber, wir verabschiedeten uns von Beate, wünschten Glück, sprachen ihr gut zu. Der Hubschrauber hob ab und war eine Minute später nicht mehr zu hören. Die Polizei nahm unsere Aussagen auf. Rüdiger war schnell fertig mit seiner Aussage, er hatte überhaupt nichts gesehen. Zum Glück. George entledigte sich erleichtert der Polizeiweste, der Verkehr floss wieder nach dem Start des Hubschraubers. Der Abschleppwagen für den Toyota war bestellt. Die Damen aus der Limousine wurden abgeholt.

Die Autos fuhren langsam um das Duke Wrack herum. Wir standen noch eine Weile herum, Rüdiger und ich rauchten eine Zigarette. George holte meine Wespe.

„Jetzt wird das wohl nichts mehr mit dem Motorradfahren.", sagte Rüdiger.

„Das ist jetzt nicht wichtig. Wichtig ist, dass sie noch lebt," sagte ich.

„Ja, eigentlich kann sie heute wieder Geburtstag feiern, ich sah sie über das Auto fliegen", meinte George. „Das sah echt furchtbar aus!"

Wir fuhren gemeinsam zu Beates Wohnung, Rüdiger holte ihren Hund, setzte ihn ins Auto und rief ihre Söhne an. Nach Hessen waren es noch fünf Stunden Fahrt, wir mussten los. Um keinen Umweg fahren zu müssen, wählte George als Route den Balmberg, stellenweise hat diese Bergstrecke bei Solothurn als steilste Passstraße der Schweiz 25% Gefälle, die Passhöhe liegt auf 1084 Meter, nicht wirklich hoch. Er verbindet Welschenrohr und Günsberg. Doch hat diese Strecke es in sich. Zu dieser Route gibt es **mehrere Filme auf <u>youtube</u>**! Schaut mal rein.

Unter anderen Umständen hätte ich mich sogar darauf gefreut, heute sorgte ich mich gewaltig, ob ich dieser Abfahrt gewachsen war. Der erste Gang in einer supersteilen Rechtsspitzkehre war zu schnell, ich ließ mit angelegter Fußbremse und schleifender Kupplung einfach rollen. Unten angekommen, atmete ich tief aus. Bloß keine weiteren Aufregungen mehr heute!

Zuhause angekommen, riefen wir sofort Rüdiger an. Diagnosen: Beckenbruch rechts, beide Handgelenke gebrochen, knöcherner Kreuzbandabriss linkes Knie. Sie lag auf der Intensivstation, brachte es aber zuwege, mit zwei gebrochenen Handgelenken zu telefonieren.

Beate verbrachte vier Monate in der Reha, sie fährt kein Motorrad mehr. Der Beckenbruch heilte zwar ohne Operation, wuchs aber nicht ganz korrekt zusammen. Es hagelte eine teure Strafe wegen Nichtbeherrschen des Fahrzeugs und Sachschäden. In der Schweiz darf man zwar ohne Führerschein fahren, das Beherrschen des Fahrzeugs wird vorausgesetzt. Ein Widerspruch?

© Fotos: Marbie Stoner

1.3 Sicherheitstrainings - nicht immer sicher!

© Fotos: Wolfgang Körber

Ein verregnetes Wochenende im Juli 2004. Auf dem Übungsprogramm speziell für Frauen standen Brems- und Ausweichübungen, Fahren über Leitern, Reifen und Holzplanke, Zirkeln um Pylonen, Schräglagentest im 2. Gang und Kreisfahrt, Kurvenübungen, Wenden in drei oder fünfzehn Zügen am Berg. Das Übliche also.

Abb. 6 Zum Aufwärmen

Unsere Instruktorin Berta *(Name geändert) verhalf jeder geduldig zu ihrem persönlichen Erfolg. Ihr Partner Frank *(Name geändert) war für den Transport des Equipments zuständig, sämtliche Hilfsmittel räumte er aus einem Ford Transit und baute aus Pylonen, Leiter, Holzbohle und Reifen einen Parcours auf.

Abb. 7 Verkeilter ‚Reifen wird geborgen

Abb. 8 Holzwippe - ganz leicht!

Mit dabei war Karin (*Name geändert), die mit PKW anreiste und für das Training die
BMW 1200 von Berta auslieh. Erfahrungen besaß sie mit einer Suzuki 450 GS, also in der niedrigeren Kubikklasse mit wenigen jährlichen Kilometerleistungen. Ihr Ziel war, das fahrerische Können auszubauen. Ihr Freund durfte es nicht wissen. Sie verschwieg ihm ihren Ausflug zu einem

Trainingswochenende. So weit die Vorgeschichte.

Der Samstag verlief mit wenigen Regenschauern harmonisch und für alle gewinnbringend. Selbst das Wenden am Berg in drei bis sechsundzwanzig Zügen auf schmalster Straße gelang allen spätestens im vierten Versuch. Ein Erste Hilfe Training als Zusatzfeature fand abends in der Kneipe statt. Der Wirt beobachtete interessiert unsere Versuche, nach einem Unfall einen Helm abzunehmen, ohne die Halswirbelsäule zu belasten. Berta verkehrte hier des Öfteren.

Liegend zwischen Tischen und Stühlen Bertas Anweisungen folgend, trugen unsere Übungen wesentlich zur Unterhaltung der übrigen Gäste im Lokal bei. Nebenbei lernten sie das Umsetzen von Erste-Hilfe-Maßnahmen. Am Sonntagmorgen zeigte sich der Übungsplatz so verregnet, dass alle Teilnehmerinnen in Regenvollzeug antraten.

Berta bestand immer auf die komplette Schutzausrüstung, keine durfte ohne Handschuhe, Stiefel und Motorradbekleidung üben.

Damals besaß ich noch einen Regenkombi als Einteiler, seit dem Ereignis trage ich nur noch Hose und Jacke. Ihr werdet gleich lesen, warum.

Abb. 9
Wenden am Berg an ungewöhnlicher Stelle. Es war steiler, als es das Foto wieder gibt.

Zum Aufwärmen fuhren wir Kreise und Achten, stellten uns in die Rasten, rutschten auf den Sozius, saßen auf dem Tank. Ich spürte ein dringendes Bedürfnis und verschwand in den Büschen. Bis der Einteiler so geöffnet und die Restbekleidung für eine Verrichtung herunter gezogen sind, dauert es bei Frauen so seine Zeit. Ich vernahm die Motoren der Maschinen, die immer noch die Kreisfahrt übten. Plötzlich ein gewaltiger Knall. *Na, jetzt übertreibt Berta aber! Üben die jetzt hinfallen? Oh Gott, ein Unfall, das war keine Übung! Grundgütiger, wie lange brauche ich noch, den Kombi anzuziehen?*

Im selben Moment hörte ich Berta schreien: „Marbie! Komm her!! Marbie, wo bist du?"

Endlich wieder angezogen, stürzte ich, so schnell es ging, die Böschung wieder hoch und legte mich erstmal hin. Oben angekommen über die Leitplanke geklettert. Da sah ich es: Bertas BMW lag zirka fünf Meter vor einem Poller - der einzige übrigens auf dem ganzen Übungsgelände - und Karin zwei Meter vor der Maschine, mit dem Gesicht nach unten auf dem Asphalt. Ich rannte, so schnell die Vollmontur es zuließ, 200 Meter über den Platz. Die Zeit kam mir endlos vor. Und in dieser ganzen Zeit bewegte Karin sich nicht. Die anderen standen schreckerstarrt im Halbkreis um sie herum.

Lass' sie nicht tot sein, lass' sie nicht tot sein! Bitte, bitte! Warum bewegt sie sich nicht? Was soll ich denn jetzt machen? Der Motor der BMW lief noch, das Heck hatte sich links seitlich neben die Sitzbank geschoben. Ich drehte den Zündschlüssel um. Berta hockte bei Karin, sie stöhnte. *Gott sei dank!*

„Karin? Alles okay mit dir?", fragte sie. Eine Teilnehmerin hielt einen Regenschirm über beide. Es regnete jetzt in Strömen. Frank hastete zum Transit und setzte über den ganzen Platz mit offener Heckklappe zurück.

„Kannst du die Beine bewegen?", fragte ich. „Hast du Schmerzen?"

„Nein, mir tut nichts weh." Unvorstellbar! Karin drehte sich um und hockte jetzt im Vierfüßlerstand auf dem Asphalt. Das wirkte sehr beängstigend.

„Ich steh' jetzt mal auf. Könnt ihr mein Auto holen?"

„Jetzt nicht. Komm, wir helfen dir. Berta, pack mal mit an."

„Nein, erst nehmen wir ihr den Helm ab. An der Wirbelsäule hat sie doch wahrscheinlich nichts, oder?"

„Glaube ich nicht, sonst könnte sie nicht so auf Knien und Händen hocken.", sagte ich. Ich fingerte an ihrem Kinnriemen. Gestern Abend noch geübt, und heute in Echtzeit: Helm abnehmen bei einem Unfall. Berta zog ihr den Helm runter. „Halte den Kopf geradeaus, nicht abknicken!", warnte sie.

Wir fassten sie unter den Achselhöhlen, während ich versuchte, meine warnende Stimme zu ignorieren. Wenn sie was gebrochen hatte? *So macht man das nicht!*

Sie kam unendlich langsam hoch in einen sehr gebückten Stand. Wir humpelten mir ihr zum Transit, sie setzte sich auf den vorderen Rand der Ladefläche und starrte vor sich hin.

„Leg' dich besser hin! Ist dir schlecht?", fragte ich. Ihr Puls am Handgelenk ging ziemlich schnell.

„Nein, mir geht es gut, könnt ihr jetzt mein Auto holen? Ich muss noch vier Stunden fahren und meinen Frisörladen morgen öffnen. Ich muss doch arbeiten." Es klang so verzweifelt.

„Frisöre haben montags zu. Und Auto fahren wirst du heute ganz bestimmt nicht mehr! Frank, rufst du einen Krankenwagen? Sie muss auf jeden Fall geröntgt werden."

„Ich gehe nicht ins Krankenhaus! Ich muss nachhause! Mein Freund darf es nicht erfahren."

„Später fährst du nachhause, jetzt nicht. Und nun bewege deine Beine, alle beide!", sprach ich nunmehr im Krankenschwestern-Imperativ. Laut und energisch. Sie tat mir endlich den Gefallen, sie bewegte die Beine.

Wir zogen Stiefel und Regenhose aus. Sie trug darunter eine Lederhose, aber keine für Motorräder, sondern so eine schicke dünne zum Ausgehen. Über ihren Handschuhen trug sie wasserdichte Überzieher, das Ausziehen ging problemlos. *Meine Güte, sie muss den Grip am Gasgriff wegen dieser Dinger verloren haben!*

„Mein Knie tut weh, das Linke!", schrie sie plötzlich. „ES.TUT.WEH!"

„Der Krankenwagen kommt gleich", tröstete ich sie. Da hörten wir auch schon das Tatütata.

Der Notarzt kletterte zu Karin in den Transit auf die Ladefläche. Er untersuchte sie kurz und kam zur gleichen Ansicht: Ab ins Krankenhaus!

„Will jemand von Ihnen mitfahren?", fragte er in die Runde. Wir schwiegen alle, Inge meldete sich.

„Ich fahre mit."

„Kennen Sie sich?"

„Erst seit gestern, das kann man nicht wirklich ‚kennen' nennen. Aber eine muss es ja tun, es dauert doch wahrscheinlich nicht lange?"

„Nein, wir fahren das nächste Krankenhaus an. Sollen wir jemand für Sie anrufen?", fragte er Karin. Die sah inzwischen leichenblass aus. „Ich lege Ihnen jetzt eine Infusion."

„Mein Freund darf es nicht wissen.", beharrte Karin stur.

„Wie Sie wollen. Also - wir transportieren sie jetzt in den Krankenwagen."

Da nahte die Polizei. Na, das würde ja interessant! Eine Beamtin und ein Beamter stiegen aus. „War der Platz hier abgesperrt?", fragte die Polizistin.

„Nein", sagte Berta. „Die Kette war nicht angelegt."

„Warum denn nicht?"

„Keine Ahnung. Ich lege die Kette nie auf meinen Trainings an. Wieso?" Die Polizistin schüttelte ihren Kopf. Es wirkte geringschätzig.

„Weil wir dann nicht zuständig wären, da es eine nicht öffentliche Veranstaltung ist. Wir müssten dann den Unfall gar nicht aufnehmen. Sind Ihre Trainings versichert?"

„Ja, natürlich! Die Teilnahme erfolgt jedoch auf

eigene Gefahr mit eigenen Maschinen."

Ups. Sie hatte Karin doch ihre BMW geliehen! Und klar - bloß nicht zu viel Arbeit verursachen für die Hüter der öffentlichen Ordnung, weil schreibfaul und überlastet.

„Okay, ich brauche Ihre Aussagen für das Protokoll. Wer räumt die kaputte Maschine hier weg?"

Ihr Blick ging zur liegenden BMW.

„Ach, das mache ich schon, kein Problem. Wir brauchen keinen Abschleppdienst!", beeilte sich Frank zu sagen.

"War es ein Fahrfehler?", fragte sie erneut in die Runde. „Ich meine, Sie veranstalten hier ein Sicherheitstraining und dann fährt eine Teilnehmerin auf den einzigen Poller hier auf dem Platz?!"

Mir wurde es allmählich zu bunt. Von unten fühlte ich eine Wutwelle kommen, ich merkte förmlich, wie meine Halsschlagader sich verdickte. *Was soll diese dämliche Fragerei?* Der Krankenwagen fuhr ab, Inge saß mit bei Karin hinten drin.

„Das müssen Sie schon die Teilnehmerin selbst fragen, denn sie ist ja gefahren. Wir wissen es nicht, vielleicht ist sie vom Gasgriff gerutscht und hat beim Festhalten am Hahn gezogen." *Geht's noch?*

Es folgte eine langwierige Befragung der Gruppe. Ich fühlte mich plötzlich sehr müde und desillusioniert. Meine Lust auf Training war fort, ich packte sämtliche Sachen auf meine Honda.

„Berta, ich fahre jetzt. Ich kann mich auf keine Übungen mehr konzentrieren."

„Klar, verstehe ich. Wir hätten sie nicht laufen lassen sollen, oder?"

„Nein, wahrscheinlich nicht. Aber das hilft jetzt auch nicht mehr. Sie ist ja gelaufen, vielleicht ist es nur das Knie, hoffen wir das Beste! Und - Berta?"

„Ja?"

„Mache dir bitte keine Vorwürfe!"

„Ich mache mir aber welche. Ich hätte ihr die Maschine nicht leihen sollen! Dann hätte sie erst gar nicht teilgenommen, weil ihre Suzi nicht fuhr."

„Sie ist aufgestiegen, sie hat auf Schutzkleidung verzichtet und trug diese dämlichen Plastiküberzieher. Auch mit weniger PS wäre sie blöd gestürzt. Meinst du, Frank bekommt die BMW wieder hin?"

„Mal sehen, ist nicht so wichtig." Sie wirkte niedergeschlagen. Die restliche Gruppe wollte auch nicht mehr üben, so beendeten wir das Training vorzeitig. Frank sammelte das Equipment ein, fuhr los, um einen Anhänger für das Aufladen der BMW zu holen. Ich fuhr ganz langsam nachhause, höchstens mit 50 km/h. Es prasselte unentwegt herunter, was für ein Scheiß Tag! Nach zwei Stunden endlich daheim, griff ich sofort zum Telefon. Ich zitterte vor Kälte, oder war es die Aufregung?

„Sie hat einen Beckenbruch an zwei Stellen und die Kniescheibe ist zertrümmert.", sagte Berta. „Sie wird Monate im Krankenhaus bleiben müssen."
Oje! Wir hätten sie niemals laufen lassen dürfen!

„Inge war die ganze Zeit im Krankenhaus, bis die Untersuchungen abgeschlossen waren. Sie hat auch ihren Freund angerufen, der war restlos geschockt und wollte es gar nicht glauben."

„Ach Berta. Hätten wir sie auf dem Boden im strömenden Regen liegen lassen sollen? Und sie ist selbst aufgestanden. Na ja, demnächst sind wir schlauer. Lass' bloß alles liegen, nicht Bewegen, bis die Profis kommen."

„Ich werde meine Maschine nicht mehr verleihen, nein, das mache ich nicht mehr und lass mich auch nicht bequatschen. Gut, dass die Bullen nicht weiter gefragt haben, wessen Motorrad das war."

„Ist die BMW noch zu retten?"

„Frank meint ja. Mal sehen. Ist nicht so wichtig."
Nein, das war überhaupt nicht wichtig. Stimmt.

1.4 Erste Ausfahrt mit Sohn

Kinder werden schnell groß. Schneller als einem lieb ist, haben sie den Führerschein. Seit Kindesbeinen an den Sozius gewöhnt, drängt es Tommi zum Selberfahren, zum Glück auf PSmäßig kleiner Maschine. Man weiß ja, Motorradfahren ist nicht ungefährlich. Tommi war seit einer Woche zwar nicht der Eigentümer, aber der stolze Besitzer einer BMW F 650 GS, dem Einzylinderschüttler. Handlich, leicht, natürlich noch gedrosselt auf 34 PS, mit guten Asphalt Qualitäten und ABS Ausstattung die ideale Einsteigermaschine.

Okay, Mutter muss ein letztes Mal ran - Sybille plante eine gemeinsame Ausfahrt mit Tipps zum Handling, Kurvenfahren, Bremsverhalten und natürlich - Tanken! Während seiner Fahrschulzeit lernte Tommi das Befüllen des Tanks nicht, auch nicht, wie man eine Maschine nach dem Umfallen wieder in die senkrechte würdige Haltung bringt.

Ihr Ziel war Butjadingen im Norden, eine Tour von 600 Kilometern. Dort fand das norddeutsche Motorradtreffen statt. Sie fuhr auf einer Yamaha XV 1100 Virago. Erste Lektion: Wie packe ich ein Motorrad. Der Start in Bamberg mit reichlich, aber sicher festgeschnalltem Gepäck auf den Maschinen gelang problemlos, von einigen Beobachtungsposten hinter Gardinen neugierig verfolgt.

Nach 200 Kilometern war ein Tankstopp fällig. Tommi fuhr hinter Sybille. Sie ließ sich etwas zurückfallen und zeigte mit der linken Hand auf ihren Tank, dann mit dem Arm nach geradeaus. Bedeutete so viel wie: Die nächste Tankstelle ist unsere. *So, jetzt werde ich dem Jungen zeigen, wie man richtig tankt!*

Sie fuhr an die vordere Zapfsäule links, Tommi hielt rechts an. Plötzlich ein Knall. Grundgütiger, sie vergaß den Ständer auszuklappen! Die Virago kippte in friedlicher Eintracht mit der Fahrerin auf die linke Seite Richtung Zapfsäule. Das rechte Bein anmutig in die Höhe gestreckt, das linke halb unter der Maschine verborgen, das behelmte Haupt und der restliche Körper an die Zapfsäule geklemmt. Gefangen, nahezu bewegungsunfähig, schob sie das Visier hoch und schrie nach Tommi:

„Hilf mir hier raus! Sch...., heb' die Maschine auf, ich komm' hier nicht weg!"

Von gegenüber hörte Sybille sein schallendes Gelächter. Er konnte überhaupt nicht mehr aufhören und hielt sich den Bauch. Der Griff ans rechte Lenkerende nach ihrer Ansage gelang. Aber alle Kraft verbrauchte er beim Lachen. Er schaffte es nicht, die Virago nach rechts und nach oben zu hieven. Nach gefühlten fünf Minuten stand die Maschine endlich. Sybille krabbelte von unten langsam nach oben, klappte den Ständer aus, nahm den Helm nicht ab. Sie schämte sich so. Nie wieder würde sie hier nochmal tanken fahren!

„Tja, Mama. Jetzt weiß ich endlich, wie man tankt. Und Maschine aufheben kann ich jetzt auch. Danke dafür!"

Irgendwann lachte auch Sybille und nahm für diesen Zweck den Helm doch ab. Der Klassiker eines Vorführeffektes. Noch heute lachen Mutter & Sohn, wenn das Wort „Tankstelle" fällt.

2. Begegnungen mit dem Trachtenverein

2.1 Eine Strafzettel Krad Katastrophe

Vorsatz oder die erhabene Darstellung des Offensichtlichen? Auf der **berühmten B1** ist es schon morgens um fünf Uhr belebt, zwar noch schnell fließend und ohne Stau, aber eben viele Autos in den zahlreichen Baustellen. Und wenn frau mit der Maschine unterwegs ist, wäre es da nicht verrückt, möglichst schnell die Staus zu überwinden, dank unserer schmalen Ausfertigung und Fortbewegung auf zwei Rädern?? Zum Zwecke des schnelleren Vorwärtskommens gibt es Seitenstreifen oder die Möglichkeit, zwischen zwei Spuren eine Dritte aufzumachen. Oder links an drei Spuren vorbei zu rollen - auf das Verständnis der anderen vierrädrigen Teilnehmer/innen hoffend. Das geht meistens gut. Sehr selten nicht. Zum Beispiel, wenn frau von den Grünen erwischt wird.

Ich arbeitete im Sommer 2000 übergangsweise in Essen-Rüttenscheid. Jeden Nachmittag befuhr ich die A52, den Zubringer der Düsseldorfer Autobahn, um auf die Berühmte zu kommen. Tagtäglicher Stau im einspurigen Verkehr die Regel. Um diesen Engpass möglichst früh beginnen zu lassen, hatten Straßenplaner die Idee, die gesamte linke Fahrspur des Zubringers mittels durchgezogener weißer Linie zum Seitenstreifen zu erklären. Das Nadelöhr künstlich zu verengen. Ein Seitenstreifen, der mit einer Breite von knapp vier Metern zu schade zum Nichtnutzen ist, oder? Müde von der Arbeit, in heißer Sonne, setzte ich nach dem Einfädeln sofort zum Überholen auf besagtem Seitenstreifen an. Holte ausreichend und mit Schadenfreude gegenüber den Autofahrern Schwung, um ordentlich Meter vor der B1 **zu machen, da ....!!!!**

...sah ich unter einer Brücke die Grünen auf der Gegenspur der Autobahn stehen, dort, wo sie eigentlich endet. Ich bremste schleunigst ab, was nichts mehr änderte, außer vielleicht mildernde Umstände. *Ach du Scheiße*! Sie wendeten auf dem Teller, preschten durch den offenen Mittelstreifen der Leitplanken mit quietschenden Reifen und eingeschalteter Warnblinkanlage. Es dünkte mir, dass sie wegen mir das Theater veranstalteten. Ups, das gibt Ungemach! Der beamtete Fahrer stieg schleunigst aus. Er deutete mit herrisch mit ausgestrecktem Arm, *aber zack, zack* und autoritärem Zeigefinger an den linken Seitenrand zu fahren und zu stoppen.

Wie teuer wird das jetzt? Auf dem linken Seitenstreifen fahrend eine Kolonne überholend? Ich rechnete mal durch. An Abhauen dachte ich nicht eine Sekunde. Das Unvermeidliche mit Würde tragen. Ich stellte ich die Maschine ab, ein CB 500 mit pink-schwarzer NSR Gimbelverkleidung, nahm den Helm herunter und schüttelte mein damals noch schulterlanges Haar. Die Frisur richtete ich mit fünf gespreizten Finger und legte ein Ohr frei. Keiner sagte was. Die Stille geriet fast zur Peinlichkeit. Ich lachte vorsichtshalber und sprach ein:

"Tach! Jetzt habe ich aber Pech gehabt, was?", in die erstaunten Gesichter. Sie sahen beide noch sehr jung aus, trugen keine Mützen. Einer ging um meine Karre herum und betrachtete skeptisch mein Nummernschild.

„Darf ich bitte Ihre Fahrerlaubnis und Ihre Zulassung sehen?"

Oh Mist, den Kfz-Schein habe ich noch nicht ändern lassen!!! Er studierte alles sorgfältig, während ich unter meiner textilen Allwetterjacke schwitzte. Ich öffnete den Reißverschluss und hoffte, das wurde jetzt nicht falsch verstanden.

„Stimmt die Adresse noch?" *Uff, da war sie, die Killerfrage.*

„Nein, die Straße hat sich geändert, ich bin – äh, vor Kurzem umgezogen!"

"Dann brauchen Sie aber ein neues Nummernschild!" Sein Ton klang nun ungehalten.

"Wie bitte? Ich bin derselben Stadt ein paar Straßen weiter umgezogen, da brauche ich ein neues Nummernschild?? Wie das?"

"H ... gehört nicht zum EN- Kreis", stellte er im Brustton der Überzeugung fest.

Allmählich wurde ich auch unsicher.

"Aber die auf dem Straßenverkehrsamt haben mir dieses Nummernschild gegeben!"

Er schüttelte seufzend den Kopf. "Wann sind Sie denn umgezogen?"

"Vor vier Wochen, am 18. August!"

"Wir müssen das nachprüfen. Wissen Sie überhaupt, warum wir Sie angehalten haben?"

"Na, klar weiß ich das. Ich habe den Stau überholt, und Sie haben mich gesehen."

"Warum machen Sie denn so etwas, wenn Sie wissen, dass es verboten ist?"

"Weil es schneller geht. Und ich wusste ja nicht, dass Sie hier stehen. Jeder Meter vor dem Stau ist ein gewonnener Meter auf der B1!"

"Aber es fließt doch noch, es steht doch keiner! Was soll das also?"

"Es geht eben noch schneller, wenn ich auf diesem extra breiten Streifen vorbeiziehe. Ich meine ... nun, Sie haben mich geschnappt, habe ich heute Pech gehabt, was soll's? Wir können das natürlich diskutieren, aber ich komme von der Frühschicht, bin müde, will nachhause, und habe noch keinen Mopedfahrer gesehen, der sich hier hinten anstellt. Sagen Sie mir einfach, was es kostet."

Er sah ein bisschen ungeduldig aus und schüttelte missbilligend den Kopf.

"Nee, nee, Frau Stoner. Jetzt prüfen wir erst mal nach, ob die Adresse stimmt. Das kann aber was dauern."

"Nur zu. Es ist ja schönes Wetter." *Oh Gott!*

Die beiden verschwanden im Wagen. Dem anderen Grünen tat ich, glaube ich, ganz schön Leid. Ich zog mir also die Jacke aus und legte sie über die Sitzbank. Der Stau defilierte an mir vorbei, hämisches Grinsen, herunter gekurbelte Seitenscheiben, hier und da ein Stinkefinger huldigte mir entbehrliche Aufmerksamkeit. Ich blieb freundlich, winkte und knipste dem LKW-Fahrer drei Meter über mir ein Auge. Plötzlich bekam ich von einem ADAC-Rettungsengel Gesellschaft. Er winkte mich heran und kurbelte die Seitenscheibe herunter.

"Probleme mit der Technik oder mit den Ordnungshütern, schöne Frau?"

Ich lachte ob so viel Freundlichkeit.

"Gott sei dank nur mit den Ordnungshütern, bin wohl gleich wieder weg!"

"Na, ein Glück! Was haben Sie denn ausgefressen?"

"Auf dem Seitenstreifen überholt, weil es schneller ging."

"Wenn Sie schlau sind!", grinste er. "Bis dann und viel Glück!"

Inzwischen kam der blonde Beamte mit meinen Papieren zurück.

"Die Angaben sind alle richtig." Ich nickte. "Ja. Ich weiß das wohl."

"Wir müssen das nachprüfen. Das kostet eigentlich nochmals zwanzig DM. Nun, Frau Stoner, machen Sie das nicht nochmal. Wir stehen hier öfter. Also, Sie müssen das verstehen."

"Natürlich, ist doch Ihr Job, und das lohnt sich doch wahrscheinlich auch an dieser Stelle."

"Nein, wir haben wegen etwas ganz anderem hier gestanden, nicht wegen Motorradfahrern. Wissen Sie eigentlich, dass, wenn ein anderer Ihnen das nachmacht und einen Unfall verursacht, Sie daran schuld sind?"

"Nein", reagierte ich verblüfft. *HÄ?* "Das wusste ich nicht. Wieso bin ich schuld, wenn ein anderer einen Unfall baut? Ich dachte, jeder Fahrer im Straßenverkehr ist selbst verantwortlich für das, was er tut?"

"Na, weil Sie dadurch anstiften!"

Ach so. Weil ich so müde war, nickte ich das einfach ab. Wenn er der Ansicht war, dass ich Anstifterin bin für Auffahrunfälle der Dosenfahrer- na, bitte. Was kostete es denn nun?

"So, und nun fahren Sie. Und denken Sie daran, hier – stehen wir öfter!"

"Ja", sagte ich folgsam. "Hier – mache ich das nicht mehr!"

„Sagen Sie - warum sind Sie eigentlich nicht abgehauen? Wir hätten Sie doch niemals gekriegt."

„Das habe ich nicht nötig." Na, ganz schön selbstbewusst von mir.

Er sah skeptisch auf die Autokolonne.

"Schaffen Sie das denn, sich jetzt in den fließenden Verkehr einzufädeln?" Ich grinste ihn an.

"Ich denke ja. Ich habe seit 1988 den Führerschein, wird schon gehen. Oder würden Sie mit Blaulicht vor mir herfahren?"

Er grinste zurück. Es sah aus, als wollte er mich lieber zum Essen einladen oder über Motorräder quatschen. Die Schwarzpinke Gimbel Vollverkleidung an der Maschine schien ihn zu faszinieren.

"Nein, das wäre nun wirklich zu viel des Guten."

Sprach's und drehte sich um. Sein Kollege saß bereits im Wagen. Sie wendeten und fuhren zurück auf ihren Wachtposten auf der anderen Autobahnseite. Auf der Fahrt gluckste ich die ganze Zeit in meinen Helm. Das würde ja billig. Die haben mich einfach ziehen lassen, dachte ich. War aber nicht so.

Nach vier Wochen kam per Post die böse Überraschung.

"Sie benutzten zum Zwecke des schnelleren Vorwärtskommens mit Ihrem Krad den Seitenstreifen." 180 DM und drei Punkte in

Flensburg. Nun, das Haare schütteln hatte irgendwie doch nicht geholfen. Oder hätte ich nicht sagen sollen: „ ... weil es schneller geht?"

2.2 Bad dream in Black Forest
*von George

Frühjahr 2015: kleine Wochenendtour durch den Schwarzwald. Freundlich unterstützt von „deinen Freunden und Helfern aus dem Inneren". Der Winter ist vorbei. Zeit, die Depressionen nicht mehr auf der Coach rauszulassen, sondern auf der harten Sitzbank eines ehrlichen Motorrades. Besser ist das! Zum Glück sehen andere das auch so. Telefonisch mit R. aus S. Wochenende und Treffpunkt ausgemacht. Im Vorfeld noch etwas Stress, weil S. aus L. genauere Infos über den Treffpunkt einfordert.

Endlich: Samstag morgen und der Kopf noch voller Sorgen – doch der Fahrtwind treibt sie schon noch raus. M. aus K. auf F 650 und der *Heilige George von den Schneeverwehungen* auf seiner Nuda RR dränge(l)n auf die Autobahn. Im Expresstempo (heute wohl Angebrachter: ICE-Tempo) geht es dem Schwarzwald entgegen. Schnell ist der vermeintliche Treffpunkt erreicht. Dank meiner unzureichenden Absprache stehen wir am Marktplatz, die zwei anderen am

Bahnhofsplatz. Klasse, so produziert man „Stress für Stresser".

Dank moderner Kommunikationsmedien telefonieren die zwei Mädels uns zusammen. Dann beginnt sie endlich, die lustige Hatz durch den Schwarzwald. Sonnenschein, einsame, kleine, kurvenreiche Straßen, ja, das ist das richtige Rezept gegen die Winterdepressionen. Die Zeit vergeht im Fluge und irgendwann stehen wir vor unserem Hotel, schön gelegen über der Stadt „Titisee-Neustadt". Angenehmes Waldhotel, gutes Frühstück, die Sonne scheint – also los! Ich brauche zwar einige Zeit, um uns aus Titisee-Neustadt herauszuführen. Doch dann folgt Fahrspaß pur. Irgendwann am frühen Nachmittag müssen wir uns wieder verabschieden – macht aber nichts, die Therapie hat ja angeschlagen.

Wir haben uns noch nicht lange getrennt, da werden wir bei einer ersten Kontrolle unserer „Freunde und Helfer" aufgehalten. Kurze Sichtkontrolle auf …., ja, auf was eigentlich? Gut, macht ja nichts, keine Auffälligkeiten! Es geht weiter, wir trinken noch einen gemeinsamen Kaffee, dann rollen wir getrennt gen Heimat. Die F 650 GS und Nuda RR auf jeden Fall im Rahmen der geltenden V-max-Vorgaben.

Wenige Kilometer weiter, wir sind gerade gemütlich eine kleine, verwinkelte Straße innerorts „hinuntergerollt" - vielleicht 40 bis 50 km nach der letzten Fahrzeugkontrolle, erneut zwei Beamte des Trachtenvereins – natürlich mit Kelle. Da M. aus K. vorfährt, halten wir an – schnelle Vorbeifahrt ist in so einer Konstellation keine Option. Die zwei Beamten faseln von Kontrolle und Papiere. Ich frage höflich aber bestimmt nach dem Grund der Spaßunterbrechung. Die zwei Beamten stoßen Worthülsen aus, ich verstehe nicht mal Bahnhof. Ich merke, dass eine Konversation eventuell schwierig wird. Man weist mich auf zwei Verstöße hin:

1. das Abblendlicht an der Nuda RR funktioniert nicht.
2. das Kennzeichen steht in einem unzulässigen Winkel zur Senkrechten.

Das mit dem Abblendlicht will ich einfach nicht glauben, schließlich wurde es erst vor einer halben Stunde polizeilich in Augenschein genommen. Und war in Ordnung. Scheint aber nach eigener

Kontrolle jetzt zu stimmen. Das mit dem Kennzeichen leuchtet mir noch viel weniger ein, schließlich hatte ich das Motorrad genau so, bescheinigt mit Einzelabnahme, gekauft.

Das interessiert die zwei Staatsbüttel in keiner Weise. Der Ältere, Erfahrenere, verweist auf sein „Winkelmessgerät" und das darauf angezeigte Ergebnis. Dazu gibt er noch den erlaubten Winkel preis (*Hinweis: Es gibt meines Wissens in der aktuellen Rechtssprechung keine genaue Winkelangabe!*) und die deklarierte Abweichung an.

Als ich nach dem Sinn der Regelung frage, kommt prompt die Antwort: „Sonst erkennt man das Nummernschild auf Fotos nicht".

Mein Konter: „Dann trifft das auf mich nicht zu! Mein Kennzeichen ist amtlich beglaubigt auf Fotos erkannt, die entsprechenden Gebühren sind beglichen! Also - alles in Ordnung!", findet leider keine Akzeptanz.

Okay, lange Schreibe, kurzer Sinn. **Die zwei „Freundlichen" lassen sich nicht überzeugen.** Es gibt eine „Mängelkarte". Die Beseitigung der Mängel muss ich innerhalb einer bestimmten Frist (ich glaube vier Wochen) abstellen und durch einen Sachverständigen bestätigen lassen. Komisch finde ich nur, dass der Mangel „Abblendlicht funktioniert nicht", der ja zugegeben, ggf. sicherheitstechnisch bedeutungsvoll werden kann, auf der Mängelkarte *nicht* erscheint. Der unzulässige Winkel des Kennzeichens, der von mir erprobt, keine Auswirkungen auf die Erkennbarkeit hat, allerdings aufgeführt ist. Ein Schelm, wer da an „Kasse machen" denkt. Also selber Hand angelegt und den Kennzeichenhalter nach Nasenfaktor tiefer gelegt.

Zum Schluss kommt es nicht ganz so schlimm. Der Sachverständige, den ich aufsuche, hat trotz anderslautender Geschäftszeiten schon fast Feierabend gemacht. Kasse und Computer sind heruntergefahren. Ich bestehe trotzdem auf mein „*Gutachten*" bezüglich des veränderten Kennzeichens. Das wird bescheinigt, die Gebühren zieht er aber wegen das nicht vertretbaren Aufwandes zum Hochfahren des Kassensystems nicht ein.

Was bleibt, ist ein fader Beigeschmack. Da nicken unparteiische Sachverständige gegen eine wahrscheinlich nicht geringe Gebühr einen Umbau ab. Bei der nächsten Kontrolle bekommt der stolze Besitzer eine Strafe aufgebrummt. Ein weiterer unparteiischer Sachverständiger bescheinigt dann wieder, diesmal (*normalerweise*) gegen eine kleine Gebühr, den ordnungsgemäßen Zustand des Fahrzeugs. Und ich habe immer gedacht, Banker, Politiker und Makler wären die großen Gangster in diesem unserem Lande.

3. Gepäck-Katastrophen

3.1 Packrolle verklemmt im Hinterrad - in Moldawien

Unser Urlaub in Rumänien im August 2012. George wollte unbedingt einen Abstecher nach Moldawien fahren. Ich gebe zu, vor unserem Urlaub hätte ich nicht gewusst, wo dieses Land ist. Und ich muss da nicht nochmal hin. Die Erfahrung allerdings möchte ich nicht missen.

Die Orte in Moldawien gestalten sich in der Regel so: Am Ortsanfang eine Tankstelle, dann erst mal nichts, dann weit von der Straße zurückliegend einige Häuser, über Naturwege und Schotter zu erreichen. Mit anderen Worten, die Orte fallen nicht wirklich als Ortschaft auf! Das haben auch die moldawischen Autofahrer gemerkt und fahren quasi mit unveränderter Geschwindigkeit durch. Wir reduzierten zwar irgendwie, waren für Ortschaften immer noch zu schnell, für den Restverkehr aber zu langsam, sodass die moldawischen Autofahrer mit mindestens 80 km/h uns innerorts gerne und knapp überholten. Hier musste ich mein Deutschtum einfach abstreifen. Ansonsten sah man rechts und links ab und zu mal eine alte Ural, mit oder ohne Beiwagen, und viele trockene oder halbtrockene Wasserlöcher. Im Prinzip war jede Nebenstraße hier eine Enduropiste.

Auf gerader, äußerst langweiliger Strecke schleuderte George plötzlich von links nach rechts. Ich dachte, was macht er denn jetzt schon wieder, übt er »blockiertes Hinterrad«? Oder liegt Öl auf der Straße? Ich war indes zuversichtlich, dass er das wieder hinkriegen würde, und ließ langsam ausrollen am rechten Straßenrand, noch ziemlich verwirrt und erschrocken. Ihr müsst wissen, George neigt zu spontanen Übungen während unserer üblichen Touren: Lenkimpuls, Schwingen um die aufgemalten Pfeile auf den Straßen oder ohne Motor abwärts laufen lassen und den zweiten Gang abrupt einkuppeln. Ergebnis: blockiertes und qualmendes Hinterrad bei fehlender ABS –Ausstattung.

Da sah ich im Spiegel, dass die KTM auf die rechte Seite fiel und George sie gerade hochstemmen will. Meine Knie waren jetzt so was von weich, dass es mit dem Losrennen nicht sofort klappte. Als ich bei ihm an kam, stand die KTM schon wieder und George dahinter.

„Die Packrolle!", schreit er. „Sie ist im Hinterrad verkeilt!"

Entsetzt blickte ich auf das eingeklemmte schwarze Etwas. **Der Gummistraps war auf einer Seite gerissen, der Rest hing noch dran.** Wären die Strapse nicht durch den Griff der Packrolle gezogen worden, hätte die Rolle einfach runterfallen können. George musste ganz schön arbeiten, zerren und ziehen, um das Teil aus dem Hinterrad zu bergen, ich hielt die KTM derweil fest. Irgendwann war es geschafft, doch die Rolle schrottreif. Die Plastiktüte innen hatte sich mit einer Schuhsohle verschweißt, aber sonst war alles okay. Gut, dass das nicht in einer Kurve passierte, ein Sturz wäre unvermeidlich gewesen! Ich hatte noch einen neuen Spanngummi mit, alles wieder verzurrt und weiter ging es. Vor unserem Start sprach George in der Tiefgarage, dass wir unbedingt demnächst die Strapse austauschen müssen. Hätte, hätte – Fahrradkette! Nie wieder Gummistrapse! *My Godness!*

Seitdem verwenden wir keine Gummistrapse mehr, sondern nur Gurte. Sobald diese Verfallserscheinungen zeigen, Ausfransungen usw. - weg damit! Und nie wieder durch den Tragegriff die

Spanngurte ziehen! Nur oben drüber und auch nicht über Kreuz, sondern mit zwei Fixpunkten.

Was in diesem Urlaub noch so alles schief ging, lest ihr in meinem eBook: Bulgarien & Balkan mit dem Motorrad (bei Amazon).

Abb. 10 Packrolle im Hinterrad verklemmt

Abb. 11 Bremsspur mit verkeilter Packrolle

3.2 Eine (beinahe) Packkatastrophe auf mini Krad

Es war Sommer, in 1986. Jens fuhr eine Yamaha RD 250, einen Zweitakter mit einem zierlichen Gepäckträger für allenfalls einen Ausflug zum Baggersee. Beim Ankicken bewies er immer seine Muskelkraft. Beide noch in der Ausbildung, herrschte bei uns meistens Ebbe auf dem Konto. Egal. Wir waren verliebt und ich hatte einen Freund mit Moped. Das war der Hype, und in meiner vergoldeten Erinnerung der Auftakt unserer Liebe.

Jens holte mich im Schwesternwohnheim für unseren Ausflug in die Vogesen ab. 300 Kilometer auf dieser Zwiebacksäge - egal, wir waren jung, verliebt und scheuten null Risiko. Aufgrund unseres schmalen Budgets kam nur der Zeltplatz in Frage. Heißt: Reichlich Ballast wegen Zelt, Isomatten, Schlafsäcken, Kochgeschirr und was man sonst so braucht. Zwei Koffer und eine Packrolle, hoffnungslos überladen, natürlich. Da machten wir uns damals so was von überhaupt keine Gedanken drum.

Inniges Küssen, wir strahlten uns an, schließlich

hatten wir uns zwei Tage nicht gesehen. Und Handys besaßen wir noch nicht für verliebte SMS. Dann schaute Jens irritiert auf mein Gepäck.

„Was hast du denn da alles eingepackt??"

Erstaunt sagte ich: „Mein Kopfkissen und meinen Frottee Bademantel. Was frau so alles braucht."

„Das passt nicht mehr drauf. Bist du verrückt?", fragte er mich. Zugegeben, die Karre sah reichlich beladen aus.

„Wieso passt das nicht mehr? Das ist doch nur ein ganz kleines Kopfkissen. Und wie soll ich morgens vom Zelt zum Waschraum ohne Bademantel kommen? Häh? Etwa nackt?"

„Man kann sich da was anziehen, und im Waschraum ziehst du es wieder aus. Wo ist das Problem?"

„Das Problem ist, dass ich ohne mein Kopfkissen nicht schlafen kann! Soll ich mich etwa flach auf den Zeltboden legen? Was ist da so unverständlich? Außerdem - wenn ich mich waschen gehe, ziehe ich mich vorher doch nicht komplett an. Dann muss ich ja alles wieder ausziehen. Das ist doch komplett bescheuert!"

„Simone, Schatzi, sei vernünftig. Das geht nicht. Das Dingen ist doch schon voll."

„Ohne mein Kopfkissen fahre ich nicht. Der Bademantel - na ja. Okay. Dann lasse ich den hier. Zeig doch mal, was da alles in den Koffern drin ist. Was hast du eingepackt?"

Jens seufzte. Es war der erste Stresstest für unsere junge Beziehung.

„Warum nimmst du so viele Coladosen mit?"

„Damit wir unterwegs was zum Trinken haben. Es sind schließlich 300 km!"

„Die kann man doch überall kaufen! Die schleppen wir doch nicht bis in die Vogesen. Und was ist das hier?"

„Zweitaktöl. Das braucht die Maschine, sonst fährt sie nicht."

„Zwei Liter?!"

„Ja! Für 600 km! Die Karre braucht das. Sonst fährt sie nämlich nicht. Und das reicht noch nicht mal, eigentlich brauchte ich sechs Liter!"

„Kannst du doch auch überall kaufen, oder nicht? Wie fahren denn die anderen Zweitaktfahrer?"

„Kaufen, kaufen, kaufen! Haben wir etwa Geld zu viel? Ich will nicht alles teuer kaufen, wenn ich es hier billiger bekomme!"

„Und Nutella braucht der Hobel etwa auch? Nutella?!"

„Das ist für unser Frühstück, was hast du denn gedacht? Kein Frühstück ohne Nutella. Und das ist nicht schwer wie dein Frottee Bademantel!" Das Wort ‚Frottee' sprach er mit solcher Verachtung aus, dass mich kleine Speichelfontänen trafen. Ich war wirklich entsetzt. Hier musste ein Kompromiss gefunden werden, sonst fuhren wir wohl möglich nicht mehr los. Wir wollten doch Spaß haben und stritten uns über die Beladung der Yamaha? Ich lenkte also ein.

„Okay, der Frottee Bademantel bleibt hier. Ich bring ihn zurück. Aber mein Kopfkissen muss mit. Sonst kann ich nicht einschlafen."

„Das Kopfkissen passt auch nicht mehr."

„Doch!"

„Nein!"

„Doch. Lass die Ölflaschen hier. Komm, ich zeig's dir. Das funktioniert, ehrlich. Och Jens, wir wollen doch Spaß haben. Bitte lass mir mein Kopfkissen!"

„Ich soll einen Zweitakter fahren, ohne Öl dabei zu haben?"

„Ich sag' doch, das können wir überall an den Tankstellen kaufen! Dann schütten wir es rein, haben keine Behälter im Koffer und alles ist gut!"

Jens dachte nach. Und dachte nach. Schaute auf die

Füße und in den Himmel. Er wog die Risiken sorgfältig ab. Und entschied sich zu Gunsten unserer jungen Liebe und der Aussicht auf die Vogesen, mit mir im Zelt - nur ohne Bademantel. Schließlich standen wir schon seit einer Stunde und diskutierten. Wir könnten schon on the Road sein ... Wir fanden einen Kompromiss. Kein Öl, dafür mein Kissen. Coladosen und Nutella passten. Wir küssten uns. Dann stieg ich auf. Ab in die Vogesen!

Wir sind nun seit vierzehn Jahren verheiratet. Ich fahre lange schon meine eigene Maschine und kann zuladen, was ich will. Das ist ein Gewinn, nicht nur für unsere Ehe. Bademantel und Kopfkissen nehme ich jedoch nicht mit.

4. Technische Katastrophen

4.1 Batterie Plattenschluss an Husqvarna in Mazedonien 2015

Gut, dass man morgens nicht weiß, wie ein Tag enden kann.

Abb. 12 Qualmende Husqvarna

Zunächst starten wir gut gelaunt vom Rilagebirge nach Mazedonien. Geplant war, bis nach Albanien zu kommen. Dazu später mehr. George muss seine Ansichtskarten in den Briefkasten werfen, in einem kleinen Ort entdecke ich einen. Und ein Storchennest, dessen Nachwuchs kurz vor dem Flüggewerden recht lebhaft in der Kinderstube herum turnt. Von den Eltern ist leider nichts zu sehen. Zwei alte Damen sind in ein Gespräch vertieft und beachten uns nicht. Hier ist das Leben scheinbar noch in Ordnung.

Das Wetter ist etwas kühl, aber wieder trocken. Die Einreise nach Mazedonien gelingt problemlos, die Grenzbeamten sind freundlich. LKW-Fahrer müssen auf die Waage und sich so drei Kilometer vorher anstellen. Die tun mir ja echt leid. Die Landschaft hügelig mit Bäumen und Büschen in den Wiesen.

Wir sehen plötzlich in einer Kurve eine Landschildkröte auf dem Mittelstreifen. Tierlieb, wie wir beide sind, stoppen wir. George schafft das Tier von der Straße. Er begutachtet sie sehr genau, das heißt, man sieht nur den Panzer, Beine und Kopf haben sich ins Innere des Panzers verzogen. Die Schildkröte findet das nicht so gut: Sie hinterlässt achtern eine große Menge schleimiger Ausscheidung, was George befleißigt, sie schnell ins Gras zu setzen.

Wir wollen weiter. Die Huskie springt nicht an! Drei Versuche, nichts.

Mir schwant, dass es wieder mal um Lichtmaschine, Laderegler, Batterien oder sonstiges Hightech Mapping geht, von dem ich nix verstehe. Ich schiebe ihn an, aber so richtig Schwung kommt nicht auf. Georg stellt sich in die Fußrasten und lässt sich in die Sitzbank fallen – nichts. *Grundgütiger!*

Abb. 13 Immer noch zu heiß - mehr Wasser drauf!

Okay. Ich soll ihn ziehen, er versucht es nochmal, als er meine besorgte Miene erkennt. Begeistert bin ich zwar nicht, aber was bleibt sonst? **DA! Sie springt an, Selbstheilung?** George plante eine Tour, die gelbe Straßen vorsieht. Nach den letzten Erfahrungen scheint das kein Problem zu sein, ich rechne also mit Asphalt, ist es aber nicht.

Eine Sand-Schotter-Loch-Wellen-Strecke. **Das soll eine gelbe Straße mit der Nummer 526 sein!?**

Es geht nur langsam voran. Kann mich nicht für den dritten Gang entscheiden. Plötzlich, wie in einem schneckenlangsamen Albtraum, sehe ich weißen Qualm rechts neben George aufsteigen. Er verschwindet in einer Wolke! Was ist das denn? **Die Huskie brennt!?** George stoppt bzw. wird gestoppt. Der Motor geht schlagartig aus. Ich halte auch sofort, in sicherer Entfernung, reiße Handschuhe, Helm herunter, renne zu ihm hin.

„Scheiße! Das war's! Die Batterie fackelt ab!"

Ich sehe meinen Liebsten selten hektisch werden, aber heute ist so ein Tag. Er reißt in Windeseile das Gepäck runter, sucht nach der Werkzeugrolle. Fingert an dem kochend heißen schwarzen Kasten an der rechten Seite, aus dem immer noch weißer Qualm dringt. Direkt unter dem Tank quellen stoßweise Rauchzeichen. Ich habe Angst, dass der Sprit zu brennen beginnt. Es kommen immer mehr Wolken, es stinkt entsetzlich.

„Hol' die Wasserflasche!", schreit er. Ich renne zu meiner BMW zurück, das bisschen Trinkwasser opfern wir noch, er hat schon eine seine kleine Trinkflasche darüber gekippt, weil es zu heiß ist, die Batterie rauszuholen.

Ich weiß aus dem Physikunterricht, dass sich Elektrik und Wasser nicht besonders mögen, aber was kann jetzt noch schlimmer werden? Nun, der Tank könnte explodieren, der ganze Kabelbaum einschmelzen. Wir beide in Flammen stehen. Ich habe furchtbare Angst und wage kaum zu atmen. Zumindest kann George jetzt mit Schlüssel, Zange und Handschuhen die Batterie bergen. Sie ist total verkohlt, geschmolzen, es stinkt bestialisch.

So – die Batterie ist draußen und muss leider hier vor Ort in den Büschen entsorgt werden. Da liegt noch mehr von umweltfeindlichen Müll herum. Motorrad gerettet. Und nun?

„Sollen wir zur nächsten Tankstelle Hilfe

holen?", frage ich verzweifelt und suche schon im Navi nach der nächsten. Wir sitzen hier mitten in der Pampa!

„Nein, ich rufe meine Versicherung an, die müssen sich was überlegen. Wofür habe ich denn jetzt einen Schutzbrief bei der DEVK?"

Na, hoffentlich gibt der Akku in seinem Handy genügend her. Ich habe mein Handy gestern nicht geladen. Schon meldet sich mein schlechtes Gewissen: Fahre nie ohne geladenes Handy, zwei Liter Trinkwasser und vollem Tank los. Nun, Spritmangel haben wir nicht, aber das letzte Wasser auf die qualmende Batterie gekippt. Es sind mindestens 30 Grad bei wolkenlosem Himmel.

Auf dem Display des Navis sehe ich eine kleine blaue Linie direkt in unserer Nähe. Während Georg die Batterie entsorgt und mit der Versicherung telefoniert, gehe ich auf Wassersuche und sehe von Weitem ein Flussbett mit vielen Steinen, aber ohne Wasser. Ein kleiner Bach fließt aber noch, ich fülle die Flasche und bin skeptisch, ob das trinkbar ist. Überall liegen Kuhfladen herum, meistens hinterlassen die Kühe auch Ausscheidungen im Wasser!

Colibakterien verursachen unangenehme Durchfälle! Also – nur für den Notfall. Es ist brüllend heiß, aber Büsche und große Bäume spenden Schatten. Ich kann mich nicht entschließen, dieses Wasser zu trinken, wir nehmen es zum Händewaschen und Abkühlen im Nacken.

Abb. 14 Endlich! Aufladen.

Die Versicherung informierte ihre Vertretung in Mazedonien, die riefen zurück, suchen nach einer Werkstatt und einem Abschleppdienst. George teilte die Koordinaten aus dem Navi mit. Eine BMW Vertretung gibt es in Mazedonien seit zwei Jahren nicht mehr. Das wäre ja auch zu schön, um wahr zu sein. Aber in Skopje, Hauptstadt von Mazedonien mit 500.000 Einwohnern, gibt es Werkstätten für Motorräder. Die tröstliche Versicherung der Dame aus Mazedonien, dass es ca. 90 Minuten dauern wird, bis der Abschleppdienst vor Ort ist, stimmt uns hoffnungsfroh. Wir schauen den Kühen bei ihrem Fressvorgang von Büschen und ihren Wanderungen zu.

90 Minuten sind schon lange um, kein Abschleppdienst kommt. Die Vertretung aus Deutschland erkundigt sich, ob wir genügend zu trinken haben. Nein, wir haben gar nichts mehr, den Rest haben wir auf die Batterie gekippt, aber es geht uns gut. Nur mit Frühstück von heute Morgen meldet sich auch der Magen.

Der Abschleppdienst ruft an, er findet uns nicht und spricht nur gebrochen Englisch. George versucht, ihm die Straße zu erklären, benennt auch die Nummer, aber ganz sicher ist er nicht, ob er es verstanden hat. Mit Koordinaten kann er nichts anfangen. Er besitzt kein Navi. Wir warten. Er ruft erneut an und fragt, wo wir auf der Autobahn stehen.

George versucht es erneut mit einer Erklärung. Wir warten. Er ruft wieder an, er findet uns nicht. Inzwischen sind drei Stunden vergangen. In der Nähe sehen wir zwei Einheimische, sie baggern ein Loch aus, beladen einen Anhänger mit Erde. Ich schlage George vor, einen Anruf beim Abschleppdienst von den Bauarbeitern zu versuchen, die dem Herrn besser erklären können, auf welcher Piste wir stehen.

Und tatsächlich – das funktioniert. George reicht den Männern sein Handy, die wundern sich aber über gar nichts. Inzwischen ziehen dunkle Regenwolken auf, ein paar Tröpfchen fallen. Na, Prost Mahlzeit, jetzt auch noch Regen. Es bleibt bei wenigen Tropfen. Uns ist inzwischen so langweilig, dass ich kopulierende weiße Schmetterlinge und Raupen auf Gräsern fotografiere. Eine Schildkröte wandert gemächlich über die Schotterpiste, eine willkommene Abwechslung. Die Kühe wandern ebenfalls umher, aber sie sind so scheu, dass sie uns nicht zu nahe kommen. Ein Haufen riesiger Insekten umschwirrt uns und wollen auf meiner Hose landen. Sie sehen aus wie Hornissen in Grün mit braunem Hinterleib. Ich erschlage zwei mit dem Handschuh. *Oh Mann!*

Nach einer weiteren Stunde ist der Abschleppwagen endlich da. Ist das schön! Wir winken wie zwei Schiffbrüchige mit beiden Armen und hüpfen auf der Stelle. Ich habe Durst und Hunger bis zum Umfallen. Wir hocken hier seit vier Stunden. Die Huskie wird verladen, George fährt die BMW, inzwischen wird es dunkel, ich nehme im Abschlepper Platz. Wir versuchen eine Kommunikation in Englisch, der Abschlepper möchte alle Daten der Huskie wissen. *So I do my very best in English.* Ich kann mir aber nicht verkneifen zu sagen, dass die Eleganz und Schönheit dieser Maschine ziemlich lädiert ist und unseren Urlaub gerade beendet. Er hält an einem Minimarkt, ich kaufe Gallonen von Wasser. Noch im Laden setze ich mir die Flasche an die Lippen. Selbst George trinkt durstig, was selten vorkommt.

Wir müssen bis zur Hauptstadt Skopje, das sind gute 80 Kilometer, fahren die Strecke zurück, die wir gekommen sind. Nach Veles fährt er auf die Autobahn. Ich frage besorgt, ob man eine Vignette braucht.

„Nein, wir bezahlen dort." Na prima. George hat keine Denar in der Tasche, die habe ich. Er beruhigt mich, die Bezahlung regelt er. An der

Mautstelle rufe ich George nach hinten zu, dass für ihn bezahlt wird. Nun kommen sogar Blitze – oh nein. George fährt ins Gewitter hinein! Wieder beruhigt mich der Fahrer.

„Bis dahin sind wir da", sagt er. In einem taghell erleuchteten Tunnel auf einer einspurigen Autobahn, deren rechte Spur nur eine einzige Baustelle ist, für deren Passage man sogar Geld bezahlt, sehe ich – **Radfahrer! Auf der Autobahn??**

Er erklärt mir, dass das Flüchtlinge aus Palästina sind. Ich bin wohl zu müde, um das zu verstehen. Meinte er wirklich *Palästina*? Und wieso sind die auf der Autobahn mit Fahrrädern? Sie stehen auf der abgesperrten Spur und pressen sich an die Tunnelwand. Ihre Gesichter werden von den Scheinwerfern angestrahlt, sie heben sich bleich ab.

Oder meinte er Pristina? Ja. Flüchtlinge aus dem Kosovo sind hier mit Rädern Richtung Norden auf der Balkanroute unterwegs. Ein gewohnter Anblick hier, klärt er mich auf. Die fahren mit Fahrrädern auf der Autobahn, werden von Schleusern hier abgesetzt und versuchen ihr Glück weiter gen Norden in die EU. Sie laufen auch auf den Schienen der Bahngleise. In Skopje gibt es im Stadtteil Gazi Baba ein Auffanglager für Flüchtlinge, welches knastähnliche Bedingungen hat. Ich bin erschüttert. **Wie groß muss die Not dieser Menschen sein! Was ist dagegen eine abgefackelte Batterie?**

Mazedonien versucht, die Flüchtlinge in das noch ärmere Nachbarland Albanien abzuschieben. Das Land ist für Flüchtlinge aus Afrika und dem Nahen Osten eine Etappe auf dem Weg nach Nord- und Westeuropa. Er setzt uns am Hotel *Vip* ab und fährt seinen Abschlepper mit der Huskie in eine Garage. Morgen früh will er uns abholen, um zur Werkstatt zu fahren, und ruft uns vorher an. Das Gewitter ist tatsächlich an uns vorbei gegangen. Ein Glück.

Zu essen gibt es im Hotel *Vip* nichts, sie haben gar keine Küche, also bewegen wir uns zu Fuß in Richtung Zentrum. Wir finden ein Restaurant, welches bis 24:00 Uhr geöffnet hat und stürzen uns auf Spagetti und Penne. Essen kann so schön sein. Und ich denke an die Radfahrer auf der Autobahn. Die schneeweißen angstverzerrten Gesichter an der Tunnelwand gehen mir nicht aus dem Kopf.

Todmüde fallen wir um 0:30 Uhr ins Bett und hoffen auf ein gutes Ergebnis der Reparatur. Ansonsten wäre für mich Flug buchen angesagt. *Ich* *fahre die Strecke nicht allein zurück!*

Der Abschlepper hält Wort. Pünktlich um 09:00 Uhr steht er vor dem Hotel und bringt uns zur Werkstatt. Eine Menge von kriegsverherrlichenden Skulpturen säumen den Weg auf der Hauptstraße Richtung Zentrum. Einer DIN EN Iso Zertifizierung hält die Werkstatt nicht stand. George sieht besorgt aus. Das ganze Umfeld wirkt sehr unordentlich, sogar ein Holzschlitten liegt in einer Ecke im Hof. Überwiegend stehen hier Roller verschiedener Art, Alter und Güte. Wir laden die Huskie ab. Der Mann vom Schleppdienst verabschiedet sich von uns, wir wissen noch nicht mal, wie er heißt.

Der Chef der Werkstatt beginnt erst um 11:00 Uhr. Also laufen wir Richtung Zentrum und finden das Museum von Mutter Theresa, die in Skopje geboren wurde. Wir nehmen Platz in einer Bar, die Bluesmusik von Eric Clapton und John Le Hooker spielt. Es könnte alles schlechter sein. George ist sehr angespannt. **Gegen 11 Uhr sind wir bei der Werkstatt, und sie haben die Huskie unter ihre Finger genommen.** Es werden verschiedene Batterien ausprobiert, das Ganze klingt beruhigend. In einer Stunde sollen wir sie abholen. Wir winken am Boulevard *Alexander des Großen* ein Taxi heran.

Die Fahrt kostet nur satte zwei Euro! George holt die Maschine nach einer Stunde ab, lässt sich wieder mit dem Taxi chauffieren. Und erfährt so nebenbei, dass wir das Hotel noch heute Nachmittag verlassen müssen. Das Zimmer ist gebucht, das Hotel voll. Also geht es weiter, raus aus der Großstadt – Richtung Kosovo. Ich möchte diese Stadt so schnell wie möglich verlassen und in die Berge flüchten. Die Hitze ist unerträglich. Aber glücklich, erleichtert, dass die Huskie läuft und der Urlaub weiter gehen kann.

Abb. 15 Werkstatt in Skopje / Mazedonien

Meinen vollständigen Reisebericht *„Bulgarien & Balkan mit dem Motorrad"* findet ihr bei Amazon und BOD.

**Abb. 16 Der Urlaub geht weiter!
Auf in den Kosovo!**

4.2 Urlaub Italien 2012 - langweilig war gestern!

*von Martina

Miriam und ich hatten für den Urlaub Ende März nur zehn Tage Zeit. Wir entschieden uns für den Autoreisezug von Düsseldorf nach Alessandria in Norditalien. Am vierten Tag bei 30 Grad und Sonnenschein auf dem Weg zur ligurischen Küste schwächelte mein Reifen am Hinterrad der Transalp. Beim Tankstopp füllten wir den Reifen, es passte noch reichlich Luft rein. Na, wenn das mal nicht ein schlechtes Zeichen war. Über eine schnellere kurvenreiche Strecke ging es Richtung La Spezia. Die Strecke führte uns durch einige sehr kleine Bergdörfer. Hier sah es aus wie in einem Katastrophengebiet: Nach Unwettern waren einige Häuser am Hang komplett mitgerissen worden.

Uns holte die Katastrophe auch wieder ein: Der Reifen hielt die Luft nicht. Nach gründlicher Begutachtung fand ich die Ursache. Ein kleines Drahtstück steckte im Mantel. Noch die Ruhe selbst griff ich ins Topcase, zauberte einen Reifenpiloten hervor. Die Freude hielt nicht lange.

Entweder war das Ding zu alt oder das des tags zuvor ausgelaufene Kontaktspray zerfraß alles. Überall quoll etwas heraus, nur nicht da, wo es hinsollte. Half jetzt nichts. Der Reifen musste halten bis zur nächsten Stadt. Wir erreichten La Spezia und einen größeren Einkaufsmarkt. Nichts zu machen, in dessen Sortiment war kein Reifenpilot zu finden. Ich fragte mich an einem Kiosk durch. Unterdessen hielt eine Frau neben Miriams BMW und bot uns ihre Hilfe an - Wahnsinn! Sie leitete uns durch die ganze Stadt zu einem anderen Einkaufszentrum - sprachlos! Hier gab es wirklich alles zu kaufen.

Wir waren überzeugt, dass diese Frau uns vom Himmel geschickt wurde, ihr Kind auf dem Rücksitz hieß auch Miriam. Mit zwei Flaschen Reifenpilot bewaffnet machte ich mich ans Werk. Erste Flasche: Der Schraubkopf bricht ab. Zweite Flasche: am Flaschenkopf sprüht alles raus, aber nicht da rein, wo es hin soll. In den Reifen nämlich. Also wieder in den Laden - *wir Turisti, nix funzione* - durften wir zwei andere Flaschen mitnehmen, die aber preiswerter waren. Für den Differenzbetrag mussten wir etwas anderes kaufen, ein Rückgeld gab es nicht. Langsam zerflossen wir in unserer

Motorradkluft, also nichts wie weg. Den nächsten Versuch wollte ich an einer Tankstelle unternehmen, um zunächst etwas Luft aus dem Reifen zu lassen. Meine Theorie: Es ist noch zu viel Gegendruck da und deshalb funktioniert es nicht.

Nach einer zehnminütigen Kaffeepause hatte sich das auch erledigt. Keine Luft mehr im Reifen. Jetzt musste Beten helfen. Dann ganz vorsichtig die Flasche auf das Ventil drehen, natürlich zuvor ordentlich geschüttelt. Nun drauf drücken und ... weiteratmen nicht vergessen ... Der Reifen hob sich! Er wurde sogar richtig prall. Von La Spezia - sieht innerorts nicht so gut aus wie von Weitem - drängte es zu unserem eigentlichen Ziel: Cinque Terre.

Am fünften Tag - der Reifen hielt - schlenderten wir wegen des Regens durch die Altstadt Genuas und ließen die Maschinen stehen. Stunden später bei einsetzender Dunkelheit und der Rückkehr zu den Motorrädern, drohte die nächste Katastrophe. An Miriams BMW fehlten die Spiegel. Am nächsten Tag sollte es Richtung Gardasee zurück nachhause gehen. In der Jugendherberge traf ein Bus mit Teenagern aus Bulgarien ein. Jeder von ihnen nutzte das Internet für die neuesten

Facebook-Posts, und das alle zehn Minuten lang. Meine Geduld wurde auf eine harte Probe gestellt, bis ich endlich den nächsten Motorradhändler googlen konnte.

Der Händler verkaufte uns am nächsten Tag für fünf Euro das Stück inklusive Montage und Gewindepflege. Glück gehabt. Die Strecke vom Gardasee über die Berge war leider wegen Sperrung nicht möglich. Es sollte losgehen - und nichts ging mehr. Die Transalp sprang nicht an. Griffheizung angelassen.

Die ging zu dem Zeitpunkt noch nicht mit der Zündung aus. Anschieben, klappt bei Transalp immer sehr gut. Kurz vor dem Gardasee begann es zu regnen. Im nächsten Ort musste ich mich erstmal orientieren, wohin der richtige Weg führte. Ein kleiner, wirklich nur kleiner Blick auf die Karte, war leider zu lange. Es passierte alles ganz schnell. Ein Auto wollte vor mir links abbiegen. Sofort stieg ich in die Eisen, aber die Stollenbereifung auf nasser Fahrbahn und fehlendes ABS ließ das Hinterrad ausbrechen, das Vorderrad krachte auf das Auto. Nur Kratzspuren auf dem Nummernschild waren zu sehen, wir regelten alles ohne Polizei, ein europäischer Versicherungsschein nebst Unfallbogen klärte das Formelle schnell.

Abb. 17 Nach dem Crash. Foto: Martina

Blöderweise schnitt ich mich wegen diverser Bruchstücke an der Verkleidung beim Rumschrauben so tief in den rechten Daumen, dass dieser für ein Umfassen des Gasgriffes nicht mehr zu gebrauchen war. Ohne Trottelrocker wäre ich aufgeschmissen gewesen. Beim Losfahren bemerkte ich zu allem Unglück, dass die Gabel sich verdreht hatte. Wir brauchten mal wieder eine Werkstatt, doch wo sollten wir jetzt eine finden?

Die erste Passantin, die ich ansprach, verstand nur kroatisch und italienisch, war aber sehr hilfsbereit.
„Benzina?"

„No, eh - kaputt. *Riparazione?*"

„Oh, si, si, si!" Sie kannte zwar keine Werkstatt, aber fragte die anderen Passanten so lange, bis sie etwas in Erfahrung brachte, kam zu uns zurück, und bedeutete uns, dass nur zwei Straßen weiter eine Werkstatt sei. Wahnsinn! Mille Grazie!

Kostenlos richtete der Mechaniker die Gabel in fünf Minuten. Ich spendierte etwas in die Kaffeekasse. Tss, unglaublich! Der Schrecken saß noch ziemlich in den Knochen, als wir endlich auf dem Weg entlang des Gardasees fuhren.

Am achten Tag ging es Richtung Heimat. Wir hatten vor der Rückreise wegen des Wetters bei zu fahrenden Pässen über 2000 Meter. Über Tirano und Bormio fuhren wir den Foscagnopass bei strahlendem Sonnenschein. Rechts und links am Straßenrand stetig wachsender Schnee. Der folgende Tag bescherte uns Dauerregen, auf dem Fernpass wurde es nicht besser, wir erreichten nach Hagelschauern endlich Bad Kissingen.

Die letzte Etappe hatte es am zehnten Tag nochmal in sich. Wir fuhren nur noch Autobahn und pausierten an einem Rastplatz in der Nähe von Fulda. Leider gab es dort nichts zu essen, also 150 Kilometer weiter gefahren. Beim Bezahlen der Schreck ... Die Geldbörse war weg ...

Ach, du Sch ...! Mir fiel schnell ein, wo ich sie verloren haben könnte, auf dem Rastplatz 150 Kilometer vorher. Aber welcher war von den dreien es noch? Ein Angestellter telefonierte mit allen, und bei dem letzten Rastplatz wurde das Portemonaie tatsächlich gefunden! Ich ließ die Koffer bei Miriam und ab ging es auf die Autobahn. Nach 150 Kilometern nahm ich die nächste Ausfahrt, umdrehen und wieder rauf auf die Bahn. Nur noch 1,5 Kilometer, dann hätte ich es geschafft.

Ja - hätte, hatte ich aber nicht. Die Transalp fing an zu schwimmen, ich sah aber keine Spurrillen. Der Reifen! An den hatte ich überhaupt nicht mehr gedacht, nachdem er so lange hielt. Also auf den Standstreifen, runter schalten, nur vorne bremsen ... und was soll ich sagen - kaum stand ich, war der Reifen platt. Der Mantel eierte sich fast von der Felge! Der Himmel hatte ein Einsehen, es regnete nicht mehr. Den Geldbeutel von der Raststätte geholt, danach auf den nächsten ADAC Hof.

Wieder Glück im Unglück, der letzte Mietwagen war meiner. Keine zwanzig Minuten später wäre er weg gewesen! Trotzdem verging etliche Zeit, bis alles geregelt und ich zurück bei Miriam war. Fünf Stunden waren seit meiner Abfahrt vergangen, die Miriam sich mit einen neuen Krimi vertrieb. Das Personal der Raststätte erklärte sie bereits zum Inventar.

Nachdem ich endlich meinen Magen gefüllt hatte, verluden wir sämtliches Gepäck in den Mietwagen. Komisches Gefühl, mit einem Auto hinter Miriam her zu fahren ... passte beides nicht, also das Auto und das Hinterherfahren. Das letzte Stück in Dunkelheit fuhren wir nebeneinander her, so hatte Miriam mehr Licht. Das war mit Abstand der extremste Urlaub in zehn Tagen. Ich muss auch sagen, in keinem anderen Land habe ich bisher so viel unerwartete Hilfe erfahren, aber auch in keinem anderen Land jemals so viel Hilfe benötigt!

Das Wichtigste war, dass wir den Urlaub dennoch voll genossen haben und uns die Stimmung nicht verderben ließen. Mit jeder neuen Situation machten wir das Beste daraus. Geeignetes Testmittel, um zu sehen, ob man sich in die Haare kriegt oder sich zusammen schweißt.

Na ja - das mit dem Unfall und dem Platten auf der Autobahn sollte man, wenn möglich, lieber weglassen!

4.3 WIMA Montainchallenge 2006 Schweiz

Vom 14.08. bis zum 19.08.2006 fand die WIMA Rallye (Women international Motocycle Association) in der Schweiz in Einsiedel statt. Sabine nahm mit ihrer gelben Fazer FZS 600 teil.

Ein angebotener Wettwerb war: Wer von den Teilnehmerinnen die meisten Pässe innerhalb dieser Zeit überwand und pünktlich um 16:00 Uhr am Freitag im WIMA Lager ankam, wurde als die Siegerin dieser Challenge am Samstag geehrt. Die Pässe durften sowohl selbst als auch durch die Vorschläge des WIMA Teams der Schweiz gewählt werden.

Sabine schaffte in fünf Tagen zweiundzwanzig Pässe: Sustenpass, Grimselpass, Furkapass, Etzelpass, Kistenpass, Sankt Gotthard Pass, Walchwilerbergpass, Gottschalkenberpass, Zugerbergpass, Kerenzerbergpass, Pass Lucmagn, Oberalbergpass und noch andere, die in ihrer Erinnerung nicht mehr präsent sind.

Auf der Rückfahrt zum Lager mit Carola wegen Zeitdruck über die Autobahn A2 geprescht, trotz fehlender Vignette. Da geschah das Unfassbare.

Das Ziel so nah vor Augen, Abgabe um 16:00 Uhr, fast geschafft. Plötzlich streikte im Seelisbergtunnel ihre Fazer, Motorrad ohne Vortrieb an den Rand gerollt, die Maschine sprang nicht mehr an. Zack, einfach so! Eine hervorragende Stelle, besser ging's nicht.

Es gab nur einen Bürgersteig von knapp 0,8 Meter Breite. Verzweiflung machte sich breit. Nicht mehr so sehr wegen der Siegerehrung, sondern weil der Tunnelaufenthalt alles andere als gemütlich war. Carola redete ihr gut zu. Sabine stellte die Fazer auf den Seitenständer und lief ums Motorrad und suchte den Fehler…..viele Autos sausten knapp an ihr vorbei, was ihr in dem verzweifelten Moment egal war.

„Wir müssen zu der Notrufsäule, die Panne melden! Die müssen dich hier rausschleppen!", schrie Carola gegen den Höllenlärm der vorbei rauschenden Autos an.

„Oh, sch…, wir haben keine Vignette!"

„Na, dann gibt es eben noch eine saftige Schweizer Strafe. Egal. Hilft doch nicht! Mein Gott, was hat die Karre nur? Eben lief doch alles!", schimpfte Carola übellaunig vor sich hin.

„Wie lang ist denn dieser scheiß Tunnel?" Sabine

war am Ende ihrer Nerven.

„Neun Kilometer, und wir haben erst knapp die Hälfte. Wir ziehen jetzt die Warnwesten an!"

„Warum das denn? Ist doch hell genug hier!"

„Los, nun mach schon! Hol' deine Warnweste raus. JETZT!" Carola stapfte zur nächsten Notrufsäule, knapp 200 Meter entfernt.

„Hallo? Kann mich jemand hören? Wir haben eine Panne mit einem Motorrad! Es fährt nicht mehr!" Es knackte kurz, dann ertönte die wohltuende Stimme im Schwyzer Dütsch:

„*Hoi*, äh- *Grüezi*! Wir haben es schon bemerkt, die Tunnelkameras zeigen die gelbe Fazer neben dem Gehweg ganz deutlich. Auf der rechten Fahrspur wurden die Ampeln auf ROT gestellt. Wir schicken einen Abschleppwagen! Bleiben Sie ganz ruhig, die Hilfe ist unterwegs!"

Carola kehrte um, Sabine schob die Fazer vorwärts zur nächsten Bucht. Die Rettungsweste fand sie schließlich unter der Sitzbank.

„Sag' mal, meinst du, ich könnte mir hier eine rauchen?", fragte sie Carola.

„Bist du bekloppt? Hier wird jetzt nicht geraucht! Der Abschleppwagen ist schon unterwegs. Die beobachten uns durch die Kameras, ich brauchte gar nichts Melden. Die Schweizer haben es ja echt drauf!"

„Ja, warte erst mal, wie die drauf sind, wenn sie keine Vignette finden. Und die Abgabe verpassen wir auch. So ein Scheiß! Wieso springt die Karre nicht mehr an? Wie soll ich wohl morgen nachhause kommen?"

„Das sehen wir dann morgen, jetzt müssen wir erst mal den Tunnel schaffen! Du hast doch einen Schutzbrief?"

„Ja, habe ich - da - kommt der Abschleppwagen!" Sabine winkte mit beiden Armen. Der Abschleppwagen hielt neben der Fazer, zwei Männer mit Warnwesten entstiegen auf der rechten Seite des Fahrzeugs.

„*Grüezi*, die Damen! Was ist denn los?"

„Hat keinen Vortrieb mehr. Ganz plötzlich. Weiß nicht warum."

„Das kommt immer plötzlich, da haben Sie sich aber eine passende Stelle ausgesucht, so mitten im Tunnel." Sein Kollege ließ die Rampe herunter. „Okidoki, dann wollen wir mal …"

Die Fazer war ruckzuck verladen, stand ganz einsam auf dem großen Abschlepper. „Wir bringen sie nach Altdorf!"

Sabine nickte erleichtert. „Ich komme sie dann morgen holen, oder telefoniere mit dem ADAC, der sic nach Thüringen schleppt. Mal sehen, was ihr fehlt."

„Sie beide kommen jetzt auf einer Maschine klar? Wo müssen Sie denn hin?", fragte der Abschlepper.

„Wir sind hier in Einsiedel bei der WIMA Challenge. Und wenn wir jetzt nicht gleich losfahren, bekommen wir keinen Preis für die vielen Passfahrten bei dieser Rallye, bis 16:00 Uhr müssen wir da sein!"

„Na dann, viel Erfolg! Ich gebe Ihnen noch die Karte unseres Unternehmens, bezahlen müssen Sie in der Werkstatt fürs Schleppen. Servus!" Tippte sich an die Mütze und stieg in den Abschleppwagen.

„Na, dann steig mal auf!", sagte Carola. „Scheinen gar nicht auf die fehlende Vignette bemerkt zu haben?"

„Die sind ja auch nicht die Polizei. Ein Glück!"

Beide kamen zwar nicht mehr rechtzeitig zur Abgabe an, doch sorgte die Geschichte der maladen Fazer im Seelisbergtunnele für Anteilnahme und große Aufmerksamkeit. Sabine erhielt ihre verdiente Auszeichnung am Samstag mit einer Urkunde.

Was fehlte der Fazer? Schuld war eine verlorene Mutter am Kettenritzel. Krankheit der Fazer, nicht unbekannt. Ohne Kette nun mal kein Vortrieb. Kleine Ursache, große Wirkung, kennt man ja. Die Maschine wurde durch eine andere WIMA Teilnehmerin in ihrem VW Bus, in dem glücklicherweise zwei Motorräder Platz fanden, nachhause transportiert.

5. Andere Verkehrsteilnehmer

5.1 Diskussion mit Smartfahrer auf dem Weg zum Gavia Pass

Die erste aggressive Begegnung mit einem Autofahrer erlebte ich im Juni 2009 auf unserer Vier-Länder-Tour: Elsass, Schweiz, Italien und Österreich.

Wir fuhren zu dritt: George auf Cagiva Raptor 650, Rüdiger auf Ducati 1000 DS Multistrada, ich auf meiner geliebten Lady Honda CBF 600 FA. Es war erst meine zweite Tour in den Alpen, allerdings erwies sich Rüdiger als strenger Lehrer: „Das muss **brüüüllllen**!"

Was war gemeint? Natürlich meine Schaltroutinen, also bitte mit mehr Krach und nicht so faul, sondern am Hahn ziehen, bis es - nun ja - eben brüllt. „Du lernst sonst nicht, was deine Maschine alles kann!"

Aha. Auf dieser Tour habe ich gelernt. Spitzkehren fahren, überholen und kräftig am Hahn ziehen, stringente konzentrierte Blickführung zu üben. Der 43 Kilometer lange Gavia Pass mit 2.618 Metern Seehöhe sollte ein Highlight der Tour werden: Der längste Bürgersteig der Welt verbindet Bormio im Valtellina und Ponte di Legno im Val di Sole in Italien, im Nationalpark Stilfser Joch. Wer hier nicht am Gas bleibt, kippt in der Spitzkehre um. Zum Glück ist der Pass für Wohnmobilfahrer gesperrt. Das wusste ich vorher allerdings nicht. **Hier ein sehenswerter Film auf Youtube.**

Und auf dem Weg dorthin sollte ich die erste unerfreuliche Begegnung mit einem drängelnden Autofahrer in einem getunten Smart erfahren. Dichter Verkehr vor dem Wochenende in jede Richtung. Schmale Straße, ein Überholen absolut unmöglich. Und das zu dem Zeitpunkt, als ich es endlich **brrrüüülllen** lassen wollte! Zugegeben, für alle Fahrer nervig und die Stimmung aufheizend. George vorneweg, versuchte, sich durchzudrängeln, funktionierte nicht. Ich als zweite zwischen PKWs eingeklemmt, Rüdiger seitlich links hinter mir. Plötzlich schubste von hinten ein weißer Smart, ich sah das Gesicht des Fahrers im linken Seitenspiegel so deutlich, als säße er auf meinem Sozius. Was sollte ich tun? Schneller fahren ging nicht, die Kolonne quälte sich zäh dicht an dicht. Überholen? Fehlanzeige. Endlose Schlange an Gegenverkehr, dazwischen Platz für ein Handtuch. Rechts von mir hohe Mauer, kein Seitenstreifen. Sonst hätte ich ihm doch Platz gemacht, ich wollte einfach nur meine Ruhe haben.

Der Typ ließ nicht locker, der fuhr unverschämt dicht auf, ich fast panisch, gleich würde es wieder einen Schubser geben. Der Smartfahrer setzte zum Überholen an, war der wahnsinnig??

Laut und überzeugend hörte ich Rüdigers Ducati direkt neben mir. Furchterregend, ich zog den Kopf unter dem Helm und die Schultern zusammen, nützte nichts. Ich wurde nicht unsichtbar. Rüdiger fuhr jetzt neben dem Smartfahrer und knallte ihm sein rechtes Knie einmal, zweimal, dreimal in die Fahrertür, dabei beständig hupend und gestikulierend.

Mir wurde noch bänger zu Mute, jetzt hing ich eingeklemmt zwischen zwei Matadoren auf schmaler Straße. Der Smartfahrer schlingerte, suchte eine Lücke zwischen den Autos vor uns. Gnädigerweise wurde er rein gelassen, Rüdiger bleibt neben ihm, bis auch ihn der Gegenverkehr zurück ins rechte Glied zwang.

Damit ließ er sich ganz schön Zeit. George vorne - inzwischen aufmerksam geworden - bleibt vor dem Smartfahrer und fährt jetzt aufreizend langsam.

Der Smartfahrer geriet erneut in italienische Temperament basierte Wut, erkennbar an dem Gewackel der Karosserie, traute sich aber nicht mehr auszuscheren. Irgendwann war der Wettkampf vorbei, George und Rüdiger fügten sich wieder ins rechte Glied. Ich fuhr zittrig, von meiner Spitzkehrensouveränität keine Spur mehr. Und dann zum Gavia Pass. Dieser Bürgersteig verlangte allen Respekt, ich zollte ihm diesen auch.

Noch lange ging mir im Kopf herum: Es hätte Tote geben können.

6. Spritmangel

6.1 Zu Fuß auf Deutschlands Autobahnen

*von George

Ich kaufte eine Maschine in Neuss für die Rennstrecke, eine Triumph TT 600. Der Spritverbrauch noch unbekannt, wurde aber schnell und ohne Excel berechnet. Ja, das ist die mit dem schlappen Vierzylinder, aber dem guten Fahrwerk. Hübsch fand ich sie auch – obwohl sie voll verschalt ist.

Ich erstand günstig ein optisch etwas heruntergekommenes Exemplar. Verhandlungen nur fernmündlich geführt, Euronen eingesteckt und am Samstag auf dem Weg zu Marbie gleich beim Verkäufer vorbei. Geld und TT 600 wechselten den Besitzer, ab ging es. In Unna große Augen - wo hast Du jetzt *das* Moped her?

Am Sonntag beizeiten, so gegen 12:00 Uhr, mit der zierlichen Engländerin nachhause. Da ich zu meiner Enkelin auf den Geburtstag wollte - natürlich auf schnellstem Weg – fuhr ich über die Autobahn. Die Sonne schien, die TT 600 lief gut und so ging es im Express Tempo über Wuppertal gen Düsseldorf. Irgendwo in Wuppertal leuchtete die gelbe Benzinwarnleuchte. Also die nächste Tankstelle musste meine sein.

Aber - bis Düsseldorf kam keine Tanke mehr! *Es wird schon reichen*, dachte ich optimistisch. Ging aber natürlich (wieder mal) schief. Am Kreuz Hilden (glaube ich) stellte der Vierzylinder mangels Brennstoff seine Arbeit ein. Ich ließ die TT noch auslaufen und stellte sie am Seitenstreifen ab. *Schei....!* Erst mal Helm und Handschuhe aus, war ja ganz schön warm. Lage peilen, hinten ging eine Abfahrt ab, gar nicht so weit.

Also die steifen Beine in den ebenso steifen Stiefeln in Bewegung gesetzt und gemessenen Schrittes zur Abfahrt gelaufen. Das zog sich aber ganz schön. Kein Wunder, war an einem Autobahnkreuz. Ich war schon ein ganzes Stück gelaufen, da hielt ein Porsche neben mir und nahm mich mit. Ich erklärte ihm meine Lage, er fuhr mich zur nächsten Tanke. War ganz schöööööön weit.

An der Tanke wollte ich mir einen Reservekanister leihen – funktionierte nicht. *Na Jungs, so kriegt ihr mich nicht klein*! Der Kauf einer Zwei-Liter-Flasche mit einer ekligen braun-schwarzen Flüssigkeit löste mein Problem. Das Zeug kann man zwar nicht trinken – aber vielleicht verarbeiteten die Pflanzen an der freundlichen Tanke dieses klebrige Zeug. Die Flasche anschließend wieder gefüllt, natürlich mit Bleifrei 95 und erst nach kurzem Ausspülen. Nun marschierte ich mit meiner kostbaren Fracht erneut Richtung Autobahn.

Bis auf die Auffahrt war es nicht weit. Also ab durch die Büsche und zunächst neben der Auffahrt ein Stück zurückgelaufen. Bis es halt nicht mehr ging, und ich auf den Seitenstreifen wechseln musste. Frohen Mutes und in eiligem Stechschritt weiter voran. Es war immer noch warm und der Weg zog sich. *Verdammt, so weit kam mir das eben gar nicht vor?*

Doch was half es, ich musste jetzt durch. Und ich lief, lief, lief …! **Bis irgendwann ein Schild auftaucht: „Köln xx km".** *Köln? Wieso Köln? Ich muss doch auf die Autobahn Richtung Wuppertal!* Verdammt – da hatte ich wohl die falsche Auffahrt genommen. Die Schilder hier an der BAB taugten aber auch wirklich nichts! Jetzt erst mal sammeln. Also da drüben hinter dem Wald müsste eigentlich die Autobahn Richtung Wuppertal sein.

Hoffentlich waren zwischen den beiden Autobahnen keine für mich unüberwindlichen Hindernisse. So quälte ich mich zwischen Büschen und Dornen die Böschung hinab, lief mit meinen „Rennstiefeln" durch den Wald und gelangte irgendwann nach meinem Hindernisparcours doch wieder auf eine Autobahn.

Und erneut ging es einige Kilometer auf dem Standstreifen der Autobahn entlang. Ich glaubte langsam schon, dass ich wieder die falsche Richtung eingeschlagen hatte. Da tauchte ein Schild vor mir auf: Autobahnkreuz Hilden (glaube ich) 1000 Meter. Wow! Mittlerweile war es fast 19:00 Uhr. Der „Spaziergang" steckte mir jetzt ganz schön in den alten Knochen. *Bald geschafft, es geht voran.* Ich - überglücklich und erleichtert, endlich am Ziel anzukommen, da stoppte ein Blechcontainer des bundeseigenen Trachtenvereins neben mir. *Oh Scheiße, jetzt haben sie dich!*

Eine freundliche Stimme tönt aus dem Seitenfenster.

„Haben Sie ein Problem? Können wir Ihnen helfen?" Ich rechnete mit dem Schlimmsten, blieb ruhig, antwortete freundlich. „Nein, nein- kein Problem. Ich bin liegengeblieben, habe schon neuen Sprit in der Flasche hier und bin gleich bei meinem Motorrad. Aber vielen Dank!"

Winkte dabei hoffentlich fröhlich. Die Bullenkutsche fuhr tatsächlich weiter, ohne eine weitere konstruktive Diskussion mit mir führen zu wollen. *Das hätte es in meiner Jugend nicht gegeben!*

Mit Geburtstag feiern bei meiner Enkelin war jetzt natürlich nichts mehr. Mir schmerzten die Füße, ich war froh, als ich zu Hause ankam. Jetzt erst mal ein Bier, fasste den Entschluss:

Nie mehr die Tankwarnleuchte zu unterschätzen, jedenfalls nicht sofort (Ha, Ha, ...), legte endlich die Füße hoch. Mein Vorsatz hat bisher leider nichts genutzt. Bin wohl schon mit Altersstarrsinn gesegnet. Es ist immer wieder unterhaltsam, die Reserve voll auszunutzen.

Mein Zehengelenk links musste Marbie übrigens mit gefrorenem Spinat in kleinen Blöcken kühlen. Nicht etwa, weil wir an die Heilkraft dieses grünen Gemüses glauben. Aber was anderes gab die Kühltruhe nicht her.

Das war eine Hardcore Wanderung vor sechs Jahren. Die Nächste sehr viel später war dagegen ein Klacks.

Zur Generalüberholung und Baurate hatte ich vor

zwei Wochen mein NTV Gespann zu einem Gespannbauer überführt. Nach anderthalb Jahren Stillstand freute ich mich, dass wir es für Einkäufe und Transporte wieder zur Verfügung haben würden. Jetzt stand die Rückholung an, das Ganze verbunden mit Terminen zwecks Wohnungsbesichtigung. Morgens bei Sonnenschein auf Marbies 1000er CBF fuhren wir zu zweit los. Die Sonne schien zwar, aber kalt war es trotzdem. Gut, dass der Gespannbauer meiner Wahl nicht nur das NTV – Gespann fertig hatte, sondern uns auch mit heißem Kaffee versorgte.

Noch ein bisschen gequatscht, den NTV–Racer aus der Werkstatt geschoben und wir brachen auf. Marbie mit CBF und Navi voraus, ich mit dem Gespann hinterher.

Die Sonne sorgte mittlerweile für eine angenehme Temperatur, das Fahren machte richtig Spaß. Kurz hinter Alzey fuhren wir auf die Autobahn (AB). Das Gespann lief gut. Es kam ein Stück ohne Standspur, nur ab und zu eine so genannte „Pannenbucht". Wir schoben uns auf der linken Spur an den „Konserven" vorbei. Da plötzlich, die NTV ruckelte, was war das? Na ja, vermutlich ging der Sprit zur Neige. Also

Benzinhahn auf Reserve stellen. Der Griff ging wie gewohnt nach unten. Überraschung – er stand bereits auf Reserve! *Ja, mein Guter, hast Du wohl vor Fahrtantritt nicht kontrolliert, was?*

Sekunden später stellte der Motor den Vortrieb ein. Nun mit einem gewagten Schlenker nach rechts durch den Verkehr auf die gerade auftauchende „Bucht" gezogen. Irgendwer hupte, warum eigentlich? *Wahrscheinlich wäre es dem Hirni lieber, ich bliebe auf der linken Spur stehen!*

Das würde bestimmt ein beeindruckender Crash mit entsprechender Würdigung in der Presse. Absteigen, Helm und Handschuhe aus, erst mal einen Blick in den Tank riskiert – ja, sah wirklich leer aus. Abwarten, was Marbie unternahm, die mittlerweile aus meinem Blickfeld entschwand.

Ich brauchte nicht lange zu warten, da summte bereits das Handy – ein Lob auf die modernen Zeiten. Ich schilderte meine Situation, wir einigten uns darauf, dass Marbie einen Kanister mit Sprit auftrieb und damit zu mir zurückkehrte.

Die Wartezeit nutzte ich, um mir einen Überblick zu verschaffen. Nicht weit voraus sah ich eine Straßenbrücke, da lief ich hin. Helm und Handschuhe im Gespann verstaut und losging es.

Die 200 Meter lief ich rechts neben der AB, einiges an Müll lag hier rum. Beim Laufen fiel mir die Situation vor fast genau zwei Jahren ein. Die Brücke rauf und wie passend, rechts, und noch näher links sah ich einen Ort. *Na ja, das mit dem Reservekanister und Marbies Rückkehr kann ja noch dauern.*

Ich lief in den näher gelegenen Ort. Knapp 50 Meter hinter dem Ortseingang fand ich eine Autowerkstatt, in der noch geschafft wurde. *Da kann ich ja mal fragen, wo die nächste Tankstelle ist!*
„Hallo Meister, kann ich mal stören?" Der Mechaniker drehte sich um, musterte mich irritiert.
„Ja, was ist denn los?"
„Können Sie mir sagen, wo die nächste Tankstelle ist?"
„Klar kann ich das. Warum denn?"
„Ja, ich bin da hinten ..." Kleiner Wink mit dem Daumen über die Schulter. „... ohne Sprit liegengeblieben."
„Ja, wo denn, DAHINTEN?"
„Na, auf der Autobahn." Nun wurde der Blick erst recht irritiert. Kleine Pause.
„Ja - die nächste Tankstelle. Dann müssen Sie zurück über die Brücke ins nächste Dorf. Haben

Sie denn einen Reservekanister?"

„Nein, ich muss mal sehen, vielleicht kann ich einen leihen, ansonsten muss ich mir eben was einfallen lassen."

„Wir haben einen hier. Den könnte ich Ihnen ausleihen. Sie müssen ihn aber auch wiederbringen!"

„Klar, kein Problem. Hätten Sie denn vielleicht auch einen *vollen* Kanister? Den Sprit kaufe ich Ihnen ab. Dann hätte ich einen Weg gespart." Ich bildete mir auf mein verschmitztes Lächeln ziemlich was ein.

Der Mechaniker überlegte angestrengt. „Eigentlich nicht, ich habe keinen Reservekanister mehr im Auto – aaaber, wir haben noch unsere Notreserve, die könnte ich Ihnen überlassen. Das sind aber höchsten zwei bis zweieinhalb Liter."

Ich erwiderte erfreut: „Das wäre klasse, die zwei Liter reichen mir erst mal bis zur nächsten Tanke." Der Mechaniker stiefelte zu einem Regal, kramte herum, zog einen Kanister hervor. Kritischer Blick, kurze Geruchsprobe.

„Nein, das ist er nicht, das ist Diesel." Er kramte weiter, beförderte einen zweiten Kanister ans Tageslicht. Freude zog übers Gesicht, dann wieder

Irritation. Er schraubte den Deckel ab, Blick in den Kanister, Enttäuschung!

„Nein, der ist leer. Unsere Notreserve ist wohl nicht aufgefüllt. Tut mir leid."

„Na ja, schade. Aber dann ist wohl nichts zu machen, dann laufe ich eben zur Tanke".

In dem Moment kamen zwei junge Frauen in die Werkstatt. Wohl die Tochter des Mechanikers mit einer Freundin. Mechaniker zur Tochter: „Kannst du den jungen Mann zur Tankstelle fahren, ihr kommt doch sowieso dort vorbei?"

„Da musst du Sabine fragen, wir sind mit *ihrem* Auto hier."

Sabine hatte mitgehört. „Na klar, kein Problem, steigen Sie ein, wir fahren gleich los."

Der Mechaniker drückte mir den leeren Kanister in die Hand.

„Aber wiederbringen, den brauchen wir noch!" Ich versicherte mit Gespannfahrerehrenwort, dass ich die leere *Notreserve* wiederbringe, stieg zu den beiden jungen Damen ins Auto und ließ mich zur nächsten Tankstelle kutschieren. Dort unverzüglich mit dem Kanister an die Pumpe, fünf Liter abgefüllt, zur Kasse und wieder raus. Ich kam gerade aus der Türe raus, da hörte ich schon ein

Erstauntes: „Georg, wie kommst Du denn nach hier?" Marbie hatte gerade ihren ebenfalls geliehenen und gefüllten Fünf-Liter-Kanister auf dem Sozius verzurrt und wollte losfahren, als sie mich, ihren Augen nicht trauend, aus der Tanke kommen sah!

Wir einigten uns darauf, dass ich mit meinem Kanister zu Fuß zurück zum Gespann ging und gleich mit dem Gespann hier wieder vorbei komme. War zwar wahrscheinlich nicht schneller, aber deutlich kürzer als die ganze Autobahn Hin- und Her Fahrerei. Außerdem hatte ich keinen Helm mit, der blieb ja beim Gespann.

So suchte ich noch etwas nach dem richtigen Fußweg, fand endlich über die Feldwege zu „meiner" Brücke und damit auch zur AB. Nach dem die fünf Liter ihren Weg in den Tank fanden, brachte ich schnell den Kanister mit der jetzt wieder nicht vorhandenen „Notreserve" zurück, und bedankte mich auch im Namen von Marbie ganz herzlich bei dem Mechaniker. Zurück zur Tanke, den nächsten Kanister von Marbie umgefüllt, anschließend das Gespann vollgetankt. Endlich stand der Weiterfahrt nichts mehr im Wege.

Den Termin der Wohnungsbesichtigung verpassten wir natürlich – der Makler glaubte Marbies Erklärung nicht. Ich verstand nicht, wieso. Kann doch jedem mal passieren, oder?

Weitere Veröffentlichungen von
Marbie Stoner bei Amazon, BOD und Tolino

Unsere Balkansucht begann hier:
Länder für Aktivurlauber und El Dorado an Kurven. Im Zeichen der Flüchtlingskrise.
Bulgarien bietet Bilder voller Gegensätze: Pferdekarren im dichten Stadtverkehr, Rinder,

Schafe am Straßenrand, Prini- und Rilagebirge und die sanften Hügel der Rhodopen im Süden. Bei Amazon, Tolino und BOD.

Madeira ist nichts für Anfänger!
Stellenweise Gefälle bis zu 40%, Kurven, Kurven und nochmals Kurven. Steile Auf- und Abfahrten auf engsten Straßen. Bei Amazon.

Meine Kurzgeschichtensammlung über die Tragiken des Alltags, über die man lieber nicht spricht, aber gerne liest und sich freut, dass es einen nicht selbst getroffen hat. Bei Tolino und Neobook. Stellen Sie sich vor, Ihr Ehemann öffnet Ihnen die Türe, hat ein Messer im Bauch und riecht nach E605. „Das Abwasser läuft in die Wand!", sagt er.

Marokko muss man erlebt haben!

Reisebericht „Nördliches Marokko mit dem Motorrad", auf eigene Faust in einer Kleingruppe. Etappen der Extreme: Berge, Pässe, Wüste und Küste in drei Wochen. Ohne Garmin und mit unzuverlässigen Landkarten.

Abseits der üblichen Pfade über Militärstraßen und Schotterstrecken.

Eine viertägige Tour mit dem Enduropark Hechlingen im September 2015.

Ich freue mich über Fragen, Rezensionen oder eigene Erfahrungen mit Katastrophen. Besuchen Sie mich auf Facebook:

https://www.facebook.com/marbiestoner